"全国脱贫攻坚楷模"

毛相林

故事集

中共重庆市委宣传部
中共巫山县委
编

重庆大学出版社

图书在版编目（CIP）数据

"全国脱贫攻坚楷模"毛相林故事集／中共重庆市委宣传部，中共巫山县委编. -- 重庆：重庆大学出版社，2022.6

ISBN 978-7-5689-2908-0

Ⅰ. ①"全… Ⅱ. ①中… Ⅲ. ①纪实文学－中国－当代 Ⅳ. ①I25

中国版本图书馆CIP数据核字(2021)第182712号

"全国脱贫攻坚楷模"毛相林故事集

中共重庆市委宣传部 中共巫山县委 编

策划编辑：张永洋 周 晓
责任编辑：夏 宇 版式设计：周 娟 贺 莹
责任校对：谢 芳 责任印制：邱 瑶

*

重庆大学出版社出版发行
出版人：饶帮华
社址：重庆市沙坪坝区大学城西路21号
邮编：401331
电话：(023) 88617190 88617185（中小学）
传真：(023) 88617186 88617166
网址：http://www.cqup.com.cn
邮箱：fxk@cqup.com.cn（营销中心）
全国新华书店经销
重庆俊蒲印务有限公司印刷

*

开本：720mm×1020mm 1/16 印张：13.75 字数：206千
2022年6月第1版 2022年6月第1次印刷
ISBN 978-7-5689-2908-0 定价：68.00元

目 录
CONTENTS

开篇　下庄像口井

下庄。

一声高亢、沧桑而悲凉的歌声冲天而起：

> 下庄像口井，
> 井有万丈深，
> 来回走一趟，
> 眼花头也昏。
> ……

下庄村，绝壁合围，形似深井

在这歌声里，雾在四面合围的山上漫了起来，像铺展开来的棉花朵，洁白而轻柔。这景致适合抒情，也适合感慨。这不，一个带有沧桑感的男中音，从那栋低矮的泥巴墙房子旁边响了起来：

"你看嘛，我们这里四面悬崖峭壁的，与崖边边垂直距离都有 1 公里多，真像一口天然的井啊。上天在隔断我们与外面的联系的时候，却又给了我们与别人不一样的山色时光。"

"是的哈。我们这里，春天的时候，那些数不清的山花花在山壁上开了，一层又一层的，漂亮得很。夏天的时候，那些各种各样的草草和树子，长出叶子后，嫩绿嫩绿的，从山顶到山脚，好像一顶千丈长的青纱帐子啊。秋天，四周山壁上各种树的颜色好好看哟：特别是我们巫山的红叶，一片一片的，一堆一堆的，红得和火烧云一样；在与云和雾连在一起的时候，它好像电视剧《西游记》里出现的仙境哈。冬天的时候，那些落在崖边边上的雪，就像给我们这口井缠了一条白围巾，与白白的天空连接起来，也像给我们这个村子盖了一床白色的棉被子。"另一个声音接着说。

天坑中的下庄村

"就是啊。你看那些猴子跳来跳去的，山鸡云雀飞来飞去的，看起安逸得很。外头有人说我们这里是世外桃源，可我们一点都不觉得哈。"

"是啊，那是城里人说的。其实，没有在我们这里长期住下来，他们嘟个（怎么）晓得我们生活的难处嘛。"

"嗯，是的哈。要是在以前，我们这里还算是可以的。男的种地，女的喂猪做饭，儿女们在跟前蹦蹦跳跳。祖先们选择到这样一个地方住下来，不能说没有他们的道理。我们这里山高路远，四周都是高山，外面的人想进来都很难。我想，祖先们从湖北等老远的地方跑到这里来，应该是当时他们遭不住（受不了）战乱带来的伤痛，才看上了这里的闭塞，求一个平安是福；再加上这里的土质好，种什么庄稼都会有收获的原因吧。"

"是啊，在大饥荒之年，我们这里也吃得饱饭，没有一个饿死的。"

"嗯啦，那么多外面的妹子嫁到我们这里来，不就是看上了我们这里一年四季不缺吃么？"

"可是，现在不得行了哈。改革开放过后，山外面的世界一天比一天繁荣，那日子简直是发生了翻天覆地的变化。很多没有出去过的人不晓得。我们出去过了，才晓得与山外面的差距——那真是一个在天上，一个在地下哈。"

"唉，我们的祖先哪里会晓得，我们这些后辈的生活，会因他们的选择，要变得穷途末路了。和山外面比，都要差到十万八千里啦。"

"以前，三峡和小三峡都是险山峻岭。三峡大坝蓄水过后，三峡变得柔柔和和的了。可我们这里在小三峡的背后，险山大川没能改变得了。"

"是的哈，要是也变了，多好嘛。如今我们的生活已过得举步维艰了。你说，要嘟个办嘛？"

"是啊，山路难得走，过去还不觉得。可如今，年轻的男娃儿娶个媳妇都难，同村长大的女娃儿都嫁到外面去了。离开这里就再也不想回来啦。"

"这也怪不得女娃儿们，人往好地方走嘛。"

"是啊，是啊。"这个声音说完，抬起头来看向了后山。

后山紧依下庄，一体相承。那条先辈们留下的唯一的通往外面的路，若干年过后，仍紧贴在悬崖峭壁上。成 90° 角的路，如让下庄人做引体向上；之字形的 108 道拐，一拐一晕头；三个供喘息歇气的台阶，沿途时常还会有野猪、黑熊等野兽出没。这里有让下庄人走一步一喊苦、行一步一喊难的无奈。

下庄人，每天清晨推门见山。山高千仞，山气扑鼻洗面，四山环壁而拥，如四道屏风，如一个壁高而厚、深而坚的摇篮。在这摇篮里，大姓张姓人家已有 17 代人在这里居住，其他姓相继次之。张、杨、袁、毛、刘、吴、王、马等姓，繁衍到 1997 年，下庄有近百户、数百人。毛相林便是这其中的一员，他与其他下庄人一起，见证了下庄人生活的点点滴滴。

作为土生土长的下庄人，毛相林因上学之路太远太艰辛，没有读初中就辍学回到下庄。在下庄，如他一样辍学的青年后生比比皆是。这像传染病，一代又一代在下庄蔓延。俗话说，知识改变命运。下庄人没有上多少学，读多少书，哪来的知识？命运又如何去改变？这是毛相林当上村干部后想得最多的事。如何改变这一现状，如何才能改变自己以及下庄人的命运，这是他在工作中和工作之余思考得最多的。

没有一条像样的路，下庄人的生活方式基本处于最原始的状态。说农村人肩挑背磨，他们缺少了肩挑，只能背磨。由于地势的原因，下庄人的生活物资运输基本只能靠背，而且背还得讲究方法。走挂在山壁上的羊肠山路，时常要提高警惕，扭着腰侧着身行走，不然时不时会有掉下山崖的危险。去一趟海拔近 1400 米的竹贤乡政府，除了爬上 1100 米的绝壁之路，还有更多的羊肠山路要走，没有一天时间就不要行动；去更远一点的骡坪镇、巫山县城就更不用说了。

在毛相林大脑的记事本里，下庄这个天井外面的人家娶小脚媳妇用大花轿抬，他们这里在迎娶外乡外村的小脚媳妇时，只能找一张椅子代替大花轿。不是用不起大花轿，而是用大花轿就无法从那条 108 道拐的挂壁山路将新媳妇抬下绝壁。新媳妇坐在代替大花轿的椅子上时，还要将身体用绳子固定在椅子上。除了抬新娘的人，男方还得安排几个人照顾前后抬新娘的人，以防意外事故发生。如果出现意外，那喜事就极有可能变为丧事，是很不吉利的。

老下庄人的出村老路

人们都说靠山吃山，这一点毛相林不否认，但靠山吃山的代价是千差万别的，因为山与山不一样。下庄人也靠山吃山，抓野鸡，打野猪，抓野山羊……用来改善生活；在悬崖峭壁上能采到名贵的中草药，可离县城遥远，路途艰险，想把这些中草药换成钱补贴家用也是一件难以实现的事。

下庄人过着差不多与外界隔绝的生活，种养的东西难以背送出去变卖，生活中需要的东西也难以搬运回来。即使是种庄稼的肥料，到巫山县城去背几十斤回来，也得花上四天时间，很多人因此背得腰生隐疾，且一生伴随。

做饭用的煤就更别想了，不光是背得困难，买煤的钱也是一道难以逾越的坎。所以，下庄人生火做饭、煮喂猪的猪食，只能用柴火。一年四季，农闲时砍柴，农忙时砍柴，一个个下庄人，就像下庄悬崖四壁上点缀的"精灵"。然而，这些砍柴的"精灵"，却要时不时地面临悬崖峭壁对他们开的玩笑，一不留神就会魂归天堂。这些都是因没有一条平坦的路通往下庄这口天井之外而滋生的"病"，不，应该是"毒瘤"。

在毛相林的脑海里会时不时地闪现出一串名字：

杨自虎砍柴摔下山崖死了。

吴自清的小儿子到山崖上挖黄姜手脚摔残废了。

毛相奎去山壁上掏被堵住的水沟，被崖壁上的落石砸中，因为路途艰险，无法及时送外抢救，死了。

毛相斌9岁的弟弟走亲戚，因迷路跌下山崖，找了七天七夜，发现时已经死了。

蒋延成砍柴时身体被摔得七零八落，死了……还有生疾病无法及时送出就医而死的；有一时心堵想不开，喝农药来不及送出去抢救而死的……还有太多的年轻娃儿，因吃不了长年累月爬出"井"去求学的苦而辍学的……太多太多的原因残酷地制约着下庄人，让下庄人眼里看不到希望、看不见曙光。

这凶险的地形将下庄人禁锢着，下庄人就好比困在这个天井里的龙，纵有天大的本事、天大的梦想也无法施展。外面的世界很精彩，太多的下庄人只是听说过，很少有人见识过；外面离下庄到底有多远，大多数下庄人明白，就只有一条几公里的路那么长。这几公里长的路，是下庄前世与今生的分界点。

认识到这一点的几代下庄村支书也做过努力，想修一条好走的人行便道，让下庄人进出天井方便点，可在下庄如刀削过的崖壁天险面前，最终都不了了之。老村支书黄会鸿是亲身经历者，时不时与新任村支书毛相林对下庄的人和事进行梳理，一组组数据就这样被梳理出来：

从未到过县城的 153 人；

从未到过 30 公里外集镇的 50 人；

从未见过公路的 160 人；

从未见过汽车的 210 人；

从未坐过车的 315 人；

从未见过电视的 360 人；

从未看过电影的 100 人；

从悬崖上摔死的 23 人；

从悬崖上摔伤的 60 人；

从悬崖上摔伤致残的 15 人。

不到 400 人的下庄村，这组数据是相当惊人的。

下庄人就这样过着与世隔绝的生活，有将被世人遗忘的趋势。作为村组主要带头人，有一团火在毛相林心里不停歇地燃烧。他时刻都在盘算着拔掉困住下庄的这颗"毒瘤"，带着下庄人走出去，让下庄人走出一片新天地。他想到自己入党时的决心——我誓死忠于党、忠于人民——但马上又在心里不停地提问："我忠于人民拿什么去为人民做点事？我忠于党又能为党做点什么？"回顾下庄的点点滴滴，想到党对脱贫的智慧思路——"要想富，先修路"的号召，目标在他心里逐渐明晰，然后越来越清楚——首先要做的就是修一条通往外面的公路，一条下庄之路。他不要做困龙，要做屋后岩口子上面的那条笑天龙，与这刀砍斧割般的悬崖峭壁做斗争，从这天井中冲啸而出……

（本章撰写：泥文）

第一章
艰难决策

四面合围的悬崖绝壁曾经庇护了下庄人,在改革开放后却锁住了下庄人的发展之路。冲出天井,迎接新生活,这是下庄人的梦想。

—— 题记

一、毛相林决心修路

　　下庄位于重庆市巫山县小三峡深处，整个村庄被锁在由喀斯特地貌形成的巨大天井中。四周高山合围，从井口到井底，最高海拔 1300 多米，最低海拔 200 多米，坡度近 90°。井底直径 1.3 公里，井口直径不到 10 公里。

　　下庄村地形，很像下庄村农民歌手彭仁松唱的古歌谣那样：

下庄像口井，

井有万丈深，

来回走一趟，

眼花头也昏。

下庄旧貌

沙哑的调子唱得悲壮苍凉，唱得悠远绵长。歌声回荡在被悬崖围住的井底村的崖壁上，饱含着村民心底的悲痛和隐忍。这首歌自下庄祖辈流传下来，村民无人不晓，无人不会唱。

下庄村虽然路难行，但是水好土肥，气候适宜。一年四季山鸟啼鸣，云雾缭绕，红苕、洋芋、苞谷不缺，不管再怎么困难，下庄都饿不死人。祖祖辈辈，下庄人靠着地肥水美的地理条件，日出而作，日落而息，自给自足。

1997 年，毛相林刚满 38 岁，家住巫山县竹贤乡下庄村，是下庄村的村支书兼村主任。

毛相林瘦削，个头不高，说话做事干脆利落。村民有的叫他毛主任、毛支书，还有人叫他毛矮子。叫毛矮子没贬低他的意思，只是一种习惯并带有特别的亲近感。有时，他对别人也是这么介绍自己的："我是下庄村的毛矮子。"

7 月，毛相林参加了巫山县委举办的村干部培训班。回下庄村的路上，他有了许许多多的想法。这些想法来自这次会议学习，来自党校组织参观的七星村。

大巴开了好长一段路后，大家就下车了。毛相林很是怀疑地问："我们是不是走错了路哟？这哪里是七星村？"

领队人回答："没错，这就是七星村。"

毛相林很惊讶，这里层层梯田绕山而转，棵棵绿树果子垂悬。他看见桃子挂满枝头不说，桃子的皮还像抹了一层菜油，手摸光光滑滑，吃一口脆脆甜甜。毛相林又一次惊讶，这世界上还有不长毛毛的桃子啊？七星村人介绍说："这种水果叫油桃。"

十多年前，毛相林到县城背尿素时住过这里。可这时一看，怪了怪了，昔日比下庄还穷的七星村土墙房子和茅草房子怎么不见了？那砖房子是啥时候一幢一幢立起来的？这还不算，村民邀请他们进屋看看。呀！屋里有个盒子，不少人在盒子里又唱又跳，还有汽车在里面开来开去。七星村村民介绍说："这是电视机。"七星村人的衣服也不用手洗了，把衣服丢到洗衣机里，电一插，几转几不转，一会儿就洗完了。最稀奇的是他们还用上了电磨，粮食倒进去，"哗哗哗"，谷子苞谷就像脱了一层衣服，白白生生、金金灿灿地磨出来了。

毛相林心里波浪翻滚，这才十多年，七星村的变化怎么这么大呀？同行的巫山县党校老师解释说："七星村修了路，村里的东西运出去，外面的东西运进来，生活当然就会发生翻天覆地的变化啦！"

看着七星村的新面貌，毛相林很是羡慕。他想着下庄村里悬崖上没有任何防护的羊肠小道，想着村民们还过着贫穷落后的生活，顿生强烈的失落感和紧迫感。不平静的心翻起了层层波浪，一浪高过一浪。

毛相林虽然读书不多，可是在竹贤乡小学读过"帽子班"，在下庄村也算得上是文化人。这次党校组织的实地考察，让他有了不安的躁动和难以抑制的兴奋。

7月，山里的天气有些炎热。回家路上，毛相林走着走着，忽然发现自己有了别样的感觉，这感觉与往日不同，彻底不同。他想修一条路，修一条下庄村与外界连接的康庄路、幸福路。想到这，他感觉有一股热血往上涌。

毛相林想起前不久乡里开会时领导讲的话："一家出一个劳动力，大家先给阮村修路，一村一村地修，如果路修多了就连起来，以后就村村通了。"他当时就犯起了嘀咕，这会儿就更有想法了：领导说得好是好，要是等别村来帮我们修，我们要等到猴年马月啊！一年里，肥猪运不出去，水果烂在地里，名贵药材当柴烧，化肥全是村民用高脚背篼背进来。娃儿读书也没路走，更可怕的是，村里在这几十年时间里，竟然有20多个人掉到崖下摔死了。他想，我们下庄村才最应该有条路啊，我们是一点都等不起了啊。

毛相林又想起第一个外出打工的刘道珍。刘道珍没有文化，在外面打工找不到好工作，碰得鼻青脸肿后又回到下庄村。回到下庄村的刘道珍也带回了外面世界的神奇：城市的公路很宽很宽，路上的汽车比羊儿还跑得快。他告诉大家人们曾视为"保护神"的大山，是下庄村人见识外面世界的"拦路虎"。

下庄村397人中，有70多个残疾人，杨婆婆是小脚，18岁嫁到下庄，

没有出过下庄村的杨婆婆

回娘家才百来里路，可到 94 岁去世时都没出过村。毛相林算了算，没出过村的有 100 多人呢。想到这里，他的心像被人挖了似的痛。他总觉得很大责任在自己：自己这个村支书到底为群众办了哪些实事呀？这么多年了，村里通到外面连一条路都没得。

他又想到：村民黄会元带着一家四口到湖北京山打工去了，他什么时候回来，以什么样的方式回来，谁都不知道。还有，自己的妹妹一家也搬到巫山不想回来。这种事情村里很多，如果再不通路，下庄的人会越来越少，土地荒废就会越来越多。

毛相林忽然感觉心很累很累，一屁股在岩子口的一墩石头上坐了下来。

两只山鸟在鸣唱，好像在回放此时毛相林内心两种激烈的思想斗争："毛矮子，你想自己修路啊？你不派人去给阮村修，你不怕犯错误呀？"

毛相林（右）与老支书黄会鸿（左）谋划修路

"我不怕。大家修了路才能致富，我们是响应区里和乡里的号召，自己先行动起来，不能等，不能靠！我这不是犯错。我要为群众做一件好事。"

"毛矮子，做这件事困难重重，不能做啊！"

"只要让后代子孙不受苦，我再累10年都要去做！这事做得！"

"我们没有钱啊！"

"大家集资！"

"我们没有雷管、炸药和技术啊。"

"困难再多，也没有办法多。我们想办法去弄。"

毛相林感到了从来没有过的热血沸腾和激动。他摸摸自己的头，没发烧啊！再摸摸手背的温度，也正常得很。他知道自己要干一件大事，干一件让子孙后代都享福的大事。

有鹞鹰"忽"地飞起来，又"嗖"地飞落到崖下去了。这情景把他吓了一大跳。他有些担心，这是上天在提醒自己不听话要挨批评呢，还是暗示修路这事比自己预想的更艰辛？不怕，反正他要修一条路出来，让大家冲出被群山所裹挟的下庄村。

可他明明知道，人们要想冲出下庄村又谈何容易？

下庄村有一个古老的传说。传说中，有一条龙因冒犯天庭而被玉帝囚禁在下庄村的羊叉河里。被囚之龙不服输，它老是想冲啊、冲啊、冲啊！一日，它发现绝壁上有三个石墩可做跳蹬，于是便反复试探着跳出去。眼看差一步就冲出绝壁的包围了，它激动得哈哈大笑并高喊道："玉帝老爷，我出来了！"玉帝一看，这还了得？玉帝大怒，它敢藐视权威！立即派雷神打掉了它的下巴。龙的血流了三天三夜，尽管痛，但它一点儿也不屈服，它依然想从别的地方突围出去。谁知，绝壁上那108道弯弯曲曲的拐像一条条绳索，把它捆了个严严实实。从此，它化身为巨石，名曰"笑天龙"。

有位私塾老师特别欣赏和喜欢笑天龙敢拼敢闯的勇气，为此，他写了一首打油诗：

下庄五条龙，
困在深井中。
一朝风雷动，
冲上砂云空。

后人对该诗稍做修改：

下庄像条龙，
困在深井中。
一朝风雷动，
冲上碧云空。

毛相林和下庄村所有人一样，从小听着笑天龙的故事长大，祖祖辈辈都在这里艰难生存，从来都没惧怕过困难。

古老的下庄村不管是一条龙还是五条龙被禁锢在这里，都只是传说，而1997年的下庄村被禁锢在这里却是现实。毛相林发誓要带领下庄村人像传说中的龙一样集体突围，他想尽快地与外界接轨，让全村的人早点富裕起来。

二、为修路多方问计

常言"三个臭皮匠顶个诸葛亮"，毛相林决定先找驻村干部方四财商量修路的事。

1995年，方四财从西昌农专毕业后成为竹贤乡农经站一名农经干部。后来，他被派到下庄村驻村。

来到下庄村的方四财住在毛相林家。两人同住一个屋檐下，同在一张桌上吃饭。方四财刚来下庄时，皮肤还不是那么黑，衬衣领子也是白白生生的，后来和村民一起拆土地庙，修建学校，学生味越来越少了，衣领也

时任下庄村驻村干部方四财

黢黑黢黑的。不过，他很快就获得了村民的认同和喜爱，村民们常和他聊天，家里有老人娃儿生病甚至有的买化肥都会找他开口借几个钱或者担个保。

毛相林把这位足足比他小 10 岁的方四财看成最亲密的战友、同事和兄弟。他和村里人一样，有时称他方同志、方大学，有时称他老方。在毛相林的眼里，方四财是一个有文化、有思想、政治水平高的好同志。他和村民说话讲方法，循循善诱，和和气气，不像自己有时还说点上不了台面的粗话。方四财无论走到哪一家，那家必请他坐坐，或是喝口水或是请吃红苕、洋芋、苞谷。

"老方，我有件事想和你说说。"

"快坐、快坐，啥事情？"

"我想修路。"

"哦，修路啊！乡里面不是叫我们去给阮村修路吗？派哪些人去，你想好了呀？"

毛相林知道方四财误会了，解释道："不是，我想自己修下庄的路。"

方四财一惊，问道："你说我们村自己修路？你的意思是我们下庄村自己修路？你说的是不是真的？"眼睛对着眼睛，他看出毛相林没有半点开玩笑的样子。

毛相林道："是的，我说的是我们村自己修。我们下庄村自己出劳动力修我们村的路。"

方四财知道修路是下庄村好几辈人的愿望。前段时间还有村民说："方大学，你和毛支书帮我们把学校建起来了，我们很感激你。你要是也帮我们把出村的公路修通了，我们子子孙孙都记得到你。"

此时的方四财万万没想到毛相林会在上级叫外派劳动力给阮村修路的时候提出要自己修路这事。方四财相信毛相林是经过深思熟虑的，也知道毛相林看准了的事就一定会去做。方四财有些担忧地说道："乡里规划了几条路，暂时一条都没有我们下庄的。可我们不派人给阮村修路，上级领导怎么想呢？"

毛相林道："上级把修下庄路排到最后，那要等到何年何月？我知道领导对修通下庄路没有信心，这个也能理解。与其被动地等上级来修路，还不如我们自己主动修，这也符合政策啊。老方，我们先修了再说。出了事，我毛矮子来顶起。我们要干就干出大名堂，让我们下庄村彻底变个样。"

"好！我同意我们自己修路。我早就有这想法了。"

毛相林别说有多高兴了。有关修路的话题，毛相林和方四财越说越亮，越说越深，越说越透明了。

就在这座被群山所围困的下庄村，谁都不知道村里有一盏灯彻夜亮着，谁也不知道有两名干部正为彻底改变下庄村的命运而彻夜长谈。他们的话题涉及修路的资金、雷管、炸药和导火线等问题，涉及修路的技术如测量等问题，涉及劳动力从哪里来，涉及是否能得到上级支持等问题，涉及能否争取到外援等问题……他们的讨论，越来越有了方向和目标。

天都发白了，毛相林和方四财不得不又回到最关键的三个难点：一是修路危险；二是村民没钱；三是缺劳动力。

方四财说："最贫困的算吴国利家了，他老婆杨秀莲眼睛看不到，娃儿又多，要不是村里给他家盖了一间土坯房，他家现在还住在岩洞里。叫这样的人家拿出钱来修路，钱从哪里来？"

"是啊，这些都是具体问题。"毛相林想起面临的具体困难，不由得叹息了一声。

两人算了算劳动力，全村96家人，现在凑百八十个整劳动力都难。毕竟，不少家庭是孩子比大人多。

毛相林站起来，在屋里走来走去，道："摆在我们面前的困难是有很多，不过，天大的困难也要克服。修路是为了改变贫困生活，不修，我们永远穷得叮当响。"

两人达成一致：尽早发动全村村民，一起想办法修好路。理想的光芒照到毛相林和方四财彼此心里，他们十分兴奋，黑夜已经过去，天色早已发白，他俩仍然没有半点睡意。

山谷中，凉风绕绕，青云薄雾。熬了通宵的毛相林来到老支书黄会鸿家里。

老支书黄会鸿

　　黄会鸿坐在坝子中间抽烟，凳子上有一个只有噪声而听不到多少播音的半导体收音机。毛相林进院就直接道："支书，我有一件事向你求救来了。"

　　黄会鸿关了收音机，起身进屋去搬了一把小的靠背椅出来："坐下，坐下。我们慢慢说嘛。大清早就来，肯定遇到啥难事了。"

　　毛相林道："支书，我想修路，修我们下庄村自己的路。只要路通了，下庄就不会这样受穷了。你晓得，我硬是穷怕了。"

　　黄会鸿见自己亲手培养起来的年轻人敢于挑起这么重的担子，没有立

村干部多次商讨修路

即表态。他想了想，然后很冷静地说："你想修路，我支持。这件事我想了好多年了，一直没干成。现在你想干是好事。可是，我们村修过三次路，最后都停工了。没钱，没技术，路一修到悬崖边，不少人都喊头昏、眼花、心发慌。挖挖搞搞地弄了几锄头，那条毛毛路就被杂草遮盖了。"

毛相林道："老书记，以前的情况我晓得。我今天就是来请教的，你老要给我出出主意啊。"

黄会鸿道："你要做这么大的事，不简单呀！不过你也得考虑清楚，我们要取得上级政府的支持才行，没有他们的支持，这件事肯定干不成。你是急脾气，容易发火。做村民工作，一定要耐心细致。修路这件事，要取得他们的完全同意，急不得，千万急不得呀。"

毛相林默默记住了老支书所说，把凳子拉拢了一些，再听老支书说下去。

黄会鸿道："除了得到上级和群众的支持以外，我们还要取得社会上的支持，光凭我们下庄村人干这样的大事，是万万不行的。"

毛相林听老书记说话，频频点头。

说到第四点的时候，黄会鸿站了起来，语气特别严肃："最重要的是要注意安全，死了人，人心就容易散，别到时候事情没做好，还把自己搭进去了。"

"支书说的几点，我全记住了。我的急脾气，慢慢改嘛。我们是下定决心修路，就是用牙齿啃，也要从悬崖峭壁上啃出一条路来。你要相信我，这条路一定会修出来。"

毛相林接受了老支书的建议，随后就和方四财准备召开党员会、村社干部会和群众积极分子会，除此之外，他还要亲自上门找群众谈谈对修路的看法和想法。

毛相林的母亲杨自芝60多岁了，是村里的老党员。她有近30年村妇女主任的工作经验。听儿子说要带领全村人修路，她的第一反应是：儿啊！你居然想到做这么大的一件事，不简单啊！

杨自芝表态道："我同意修路。儿子你放心去干，干就干出点脸面。既然你话都说出来了，路没修好，我要找你哟。"

杨自芝虽然认不了几个字，却是一个极有主见、为人刚直、思想开明的母亲。她对自己的儿子施以严格家教，教育儿子只有学会承担疼痛和苦难，才能成为一个刚直不阿的有责任有担当的男子汉。

毛相林向母亲保证道："妈，你放心嘛，我会干好！我是党员哩。"

杨自芝道："儿啊，我也是老党员呢！可我修不动路了，我没别的支持，我保证在家把地种好，把家事做好，不拖你的后腿。"

"妈，我爸、老婆和女儿都有病，八亩多地的农活几乎都是您老一个人收拾。我去修路的话，妈，你更苦了哟。以后，还是像农忙季节一样，那一亩多水田要请人栽秧插秧和收割才行。"

"儿啊，我知道在绝壁上修一条路出来不容易，你去干你想干的事情吧，妈相信你干得好。你不要担心家里。"老共产党员杨自芝知道儿子和村里人过日子太难了，她想给儿子准备一点儿修路的钱或别的什么，可是下庄被困在大山中，要想拿点钱出来太难了。

毛相林的父亲毛永义哮喘病又犯了。这么多年来，他几乎都是一直躺在床上。得知毛相林要修路，他的火气一下子就上来了："前几届书记都没有干成这件事，就你能干？"

毛相林知道父亲是担心，是心疼，是激将。他耐心地回父亲的话："莫担心嘛，别人办不成的事，难道我就一定办不成？不修路，下庄会越来越落后。我一定干好这件事。"

毛永义参加过抗美援朝，后从部队转业分配到供销社，因为个性倔强，说话直率，和单位同事处不来，干脆就回家种地。毛永义知道儿子性格比自己还要倔强，越是说他干不成，他越是要去干。毛永义是觉得修路的事情太大了，前几任书记都干不成，自然也担心儿子干不成。

毛永义久久地望着儿子坚毅的眼神，沉默良久，道："儿啊，记住别死人。死了人，你不好给乡亲们交代哟。我是担心啊！"

毛相林知道倔强的父亲其实也是在支持自己，只不过不直接表态罢了。夜里，毛相林再次给妻子说起修路的事。妻子王祥英很爽快地道："你忙你的，修路是大事，你自己也要好生一些。家里的事有我和妈，你就莫操心了。"

毛相林说："在悬崖上修路不是小事，以后我在外肯定不是一天两天，家庭的重担就要落在你身上了，这样嘛，等以后路修通了，我给你买个洗衣机，就像七星村那种。"

朴实的妻子王祥英听了他的话后，高兴地道："好，以后还要买个电视机，也要七星村的那种。以后大家到我家来不光是吹牛聊天，大家还要有电视看。"

三、全村达成修路共识

毛相林的家是村民们平时聊天的地方，也是"下庄村党员活动中心"。毛相林和方四财决定召开村社干部和党员会，一起商量修路的事。那天应该到会的有 14 人，实到 14 人，无人缺席。

大家听了毛相林的想法和思路，都很吃惊。天啊！要在绝壁上修路？这可不是开玩笑，这是天大的事情啊。一直到散会，都没讨论出修还是不修。

第二次村社干部和党员会上，大家仍然没有信心。有人发问道："下庄这么穷，地势如此险，就靠我们几百号肉体凡胎的下庄人，这条路能修通么？"

有人附和道："是啊，下庄穷得叮当响，拿啥来修路嘛？"

为了说服大家，毛相林掰起指头算起了细账："从现在起，如果每家每户多喂一头 200 斤重的猪，按现在的市场行情就可多卖 400 元，全村一年就可以筹集修路资金 3.84 万元，10 年就是 38.4 万元。你们算算，这要买多少三材物资（炸药、雷管、导火线）啊？我们每年只要有 3 吨三材物资，就可以修两个月的路，其余时间还可以外出打工挣点现钱。有了现钱，我们就可以投入到修路上。我们一天修一点儿，山凿一尺宽一尺，路修一丈长一丈。如果能前进一丈，绝不后退一尺。我们修不完还有儿子，儿子修不完还有孙子，总有能修完的一天。这样，只要每年不闲着，全村人不等不靠，苦干 10 年，总可以修通这条路嘛！"

这次会议虽没有取得共识，但大家都意识到毛矮子真的是铁了心要干这顶天立地的大事。

毛相林牢记老支书的话——做大事的时候不能急，既要冷静，还要有点谋略。

老下庄人在悬崖上背柴

　　毛相林开始一家一家走访群众，一家一家了解村民的真实想法。对于不理解的，他就一家一家做修路的动员工作和相关的解释工作。

　　他首先找到村会计杨元鼎谈心。

　　杨元鼎刚满35岁，这正是一个男人最美好的年华。他态度非常明确："毛支书，你号召大家修路，我非常拥护，你是为我们的子孙造福。我们这里的天气恼火得很，要太阳的时候又没温度，连个粮食都晒不干。需要湿润一点的天气，它又干得爆裂。记得我15岁那年为了烘干苞谷交公粮，我和父亲爬到三四百米高的红岩垭上去砍柴。砍了小半天砍了一两百斤，我俩正高兴着，谁知上头一块渣子（石头）打在我父亲的头上，我父亲连喊一声的机会都没有就滚到山崖下去了。修路，我支持。只是，村里目前的困难就是差钱。"

毛相林道："修路这事，我们一起干怎么样？修通了路，我们大家的生活就会好起来。没钱可以借，找外援或是卖点肉啊粮食这些东西。"

杨元鼎道："我当然要和毛支书一起干，这是我们自己的事情。"

毛相林来到曾在外面打过工修过路的刘崇凤家。

刘崇凤道："修路这事我支持！这些年，这些山路把我们害苦了。毛支书，我从下庄背脚到巫山县城，一个来回花四天时间才挣了8元钱。去的时候挣了3.88元，回来挣了4.12元。背粮食100斤送公粮到骡坪，天不亮出发，晚上回来还得打火把。没路，我六儿子不出去读书，他没文化就心胸狭窄。那年，他为了一点小事和媳妇吵架就喝农药死了。如果当时有路把他送到外面的医院，他也不会死。他死得好可惜啊！我赞成修路，我要去修路！"

毛相林连连点头，说有了路，一切都好了。

刘崇凤又道："毛支书，我父亲是老共产党员，抗美援朝时的架线兵。他是我的榜样。我父亲当年从部队转业回来，带回不少军功章，他用绳子串成串给我们这些当娃儿的玩。那时我们不懂事，只觉得花花绿绿很好看。直到我们长大，才知道这些军功章是我父亲用生命换来的。现在我报名去修路，就当我是跟着父亲上了前线上了战场。你说是不是？"说时，他笑得眼睛都睁不开了。

毛相林说："好，修路的名，我现在就给你报上。我父亲当年也是从朝鲜战场上回来的哟。这回，我们一起上新的战场立新功。"

恐怕连刘崇凤自己也想不到，在后来修路时的1997年冬月初八，在下庄村修路的伟大事业中，是刘崇凤放响的第一炮。

刘崇凤妻子沈庆莲比丈夫大两岁，听毛相林和丈夫说修路的事，插话道："要是我身体好，我也想去修路。既然毛支书你号召大家修路，那我就摆个老龙门阵给你听，你晓得我姑妈家住在下庄村，我和刘崇凤认识，就是她介绍的。说老实话，我才不想嫁到连一条路都没有的下庄村。可我爷爷和三爸四爸都说下庄村人好，又有洋芋红苕苞谷吃，说嫁下庄不会吃亏的。结婚时我都还大哭大闹的。可怜啊，我娘家给我做的一个柜子，棒棒绑起抬都抬不下来。我一个新媳妇，是横着脚尖尖从庙盘垭扯着树枝枝抓着树藤藤慢慢梭（滑）下来的。好不容易梭过火烧岩屋、碑梁子，再过河才到了刘崇凤家。我生了女儿后，都还想离开没有路的下庄村。修路这事，我比哪个都赞成。有路，我儿子就不会死了。"

想到儿子，她边掉眼泪边说道："我是一个苦命的女人，前前后后在这里生了五个娃，哪晓得'送走'了四个娃儿。只要看见别人家有女儿出嫁，我就想起我的女儿，我的那个心好痛啊！我的儿子我的女儿啊……"

毛相林说："你们家的事情我全晓得，就是因为大家太苦了，我们才要修路的嘛。等路修好了，你老两口慢慢享福嘛。"

想到修路后会过好日子，沈庆莲破涕为笑。

毛相林离开沈家后，又到了吴家。

吴自清是1969年结婚后才去当的兵，1973年转业回到了下庄村。他在外面几年，见识了外面的发展和变化，知道下庄村落后于时代，需要紧紧跟上，听了毛相林说修路的事，吴自清道："好啊！我们下庄村不修路不可能，路修好了，以后子子孙孙都方便，如果过去有路，我小儿子也不至于上山挖黄姜右手摔残疾了。"

啥叫黄姜？黄姜这东西在两千多年前的《山海经》中有记载。海拔越高，黄姜的皂苷元含量就越高，它能解毒消肿，用于痈疖早期未破溃，皮肤急性化脓性感染，软组织损伤，蜂螫虫咬等。因为能卖个好价钱，采药人冒着生命危险也要到悬崖峭壁采挖。吴自清的儿子虽然保全了性命，但落下了终身残疾。

吴自清说："毛支书，把我的名也报上，我就不相信这路修不出来。人多力量大，我们一起修！"

离开吴家后，毛相林又来到自己的堂弟毛相斌的家，他想听听相斌的意见。

说到修路，毛相斌就想到因迷路而失足滚下山崖的弟弟。弟弟小名叫牛娃子，大名是毛相贵。

毛相斌说："哥啊，过去要是有条路就好了。你记得牛娃子的死不？"

"我记得牛娃子的死，那年他才9岁，他到郎坪山他舅舅家去耍，哪知道他在回来的路上走错了路，路不熟悉，一脚就摔下崖了。"

"我妈就生我俩兄弟，这些年，我常常想起他小时叫妈叫哥的声音。想起都好惨啊，那天我和你、袁孝恩、毛相奎还有袁孝喜找了他几天几夜，先是只找到了牛娃子的一只鞋，后来才在高高的碑梁子下面的一个半崖上找到他的尸体。哥，我同意修路！就算是修路再危险，哪怕会死在修路途中，我也要去修路。路修好了，以后回家，娃娃们就不会迷路了。"

话语中，毛相斌知道修路的危险性，已做好一切准备。

此时，毛相林和毛相斌眼里，有泪，有痛苦，更有下庄村人历经磨难与饱经风霜后要改变贫穷落后的意志和决心。

毛相林对堂弟说："相斌，死的是你的兄弟，也是我的兄弟，是大家的兄弟，为了以后村里不再出这样的事故，我们一起去修路。"

两双大手紧紧地握在一起——为了下庄村的未来，他们发誓以后要一起奋斗。

村里的妇女们听说毛相林在各家各户动员修路的事都议论纷纷。

谭先煌老人说："要修路啊？是不是真的？莫哄人哟。"

毛相林说："是真的，不会哄你的，我们真的要修路。"

老人说："我18岁嫁到下庄村，养了三儿三女，今年80岁了。我还算好的哟，生娃后还出过下庄村。我们那时候出去是走岩口子，然后经过万龙池，鱼儿溪，到猫子垭，一路要走一天，有时候雨下大点，哪还有路哟？手抓藤子脚踩石缝，怕得不行。你们看杨婆婆嘛，嫁到下庄村，一次也没出去过。"

1997年前下庄村的女人们，感觉能出一次村子就是最大的幸福。难怪下庄村有女人曾问过从外面回来的人："村上头的世界到底有多大呀？上头的男人和女人长得和我们是不是一个样啊？"

答案是："外面的世界很大很大，男人和女人长得和我们完全一个样。"

毛相林听了这些话，只是苦苦地一笑。这一笑，更坚定了他修路的决心和勇气。

毛相林又去二队队长袁孝恩家征求他对修路的意见和看法。

袁孝恩道："老毛啊，我当了十多年的二队队长，以前我做梦都想要有一条好走的路。娃娃们去猫子垭读书好恼火啊！人小路难走，只有冬天下雪的时候才穿鞋子。他们不愿读书，当大人的也理解，可是这样下去村里留不住人呀，好多娃娃初中没有读完就出去打工了。修路是我一辈子最大的愿望，路修通了，一辈子才有盼头。我要去修路。"

毛相林说："我也是这样想的，娃娃们读书没路走，不去读书也怪不得他们。看我嘛，我中学也没读成。以后有了路，家家娃儿读书就方便了嘛。"

毛相林决定去蒋延成的遗孀蒋延贵的家了解情况。他家有点特殊，毛相林的心都操碎了。

蒋延贵说："毛支书，蒋延成死后，村里帮我的够多了。村里修路，我坚决支持。你是我家恩人。我没多少文化，但大道理我还是懂。家里地里的事情我来干，修路的事，我大儿子郭光清去。"

毛相林说："你这样安排，我就放心了。以后你家有什么事情，大家也会帮你。"

蒋延贵的亡夫蒋延成原姓郭，大名郭关成。郭关成和村里的沈庆富一样，是下庄村的上门女婿。郭关成与蒋延贵结婚后，从此不再叫郭关成了，而改名改姓叫蒋延成了。外人不知的，还以为蒋延成与蒋延贵是两兄弟或是两兄妹。

岳父蒋泽利和岳母张胜贵就只有蒋延贵这一个独生女，精贵得要命。父亲实在不想女儿嫁出下庄村，于是就想到"招夫上门"这一老办法。蒋延成上门后，他的待遇是和蒋延贵一样的，有什么吃什么，有什么穿什么，老人对他，就像对自己的儿子一样亲。

夫妻结婚后，生了大儿子叫郭光清——延续郭家的姓，不久生的小儿

老下庄人背粮食出村

子叫蒋长明——延续蒋家的姓。日子过得和和乐乐。哪知天有不测风云，人有旦夕祸福。事故又出在砍柴这件事情上。

那天，年轻的蒋延贵来了，见到毛相林就哭："毛支书，蒋延成砍柴一天都没回来，我好怕啊！我两个儿子还小啊！"

毛相林只要听说谁砍柴一天没回来，就胆战心惊，他说："走，我组织人找去，活要见人，死要见尸。"

毛相林又安慰蒋延贵说："或许他是太累了在哪个地方睡着了。"但因自己处理类似的事件太多太多，他知道蒋延成活着的希望其实小之又小。

偌大的一座山上，要想找一个七尺男儿蒋延成谈何容易？何况，四处都是悬崖绝壁。三天三夜，人们终于找到了被摔成七零八碎的蒋延成。

毛相林流着泪，用手把一坨坨不成形的碎尸装进箩筐里，又和村民们小心翼翼地抬回下庄村。哭得像泪人的蒋延贵看着自己的大儿子郭光清和二儿子蒋长明，心如刀割，自己成了寡妇，儿子也没了父亲，父亲和母亲也没有了"女婿儿"。毛相林的心很痛，他是村里的领导，他多想有一条路能拉煤炭进来啊！如果有路，大家就再也不用冒险爬到悬崖绝壁上砍柴了。

通过一家一家走访，痛苦的往事一幕幕在毛相林脑海中再次复活。由此，他修路的信心更加坚定了，他知道路不仅只是交通便捷，它更是每个家庭的血管、动脉和生命线。

第三次党员和村干部会议开始了。这次会议，反对修路的声音明显减弱。大家针对修路的系列问题进行了深入讨论和沟通，赞成修路的村民逐渐多了起来。

毛相林觉得时机已经成熟，打开村委会广播，通知村社干部和党员到村委会开会。他要让大家在第四次党员和村社干部会上进行一次表决，然后再召开村民大会。

广播通知后，村社干部和党员们陆陆续续到齐。

等大家都坐下后，毛相林开门见山说道："前三次会议都讲了，与其让我们派出劳动力帮助阮村修路，倒不如我们自己动手修路。如果靠等，等 10 年也难得修到我们这里。有什么想法，大家都说出来。我是真心实意想听听大家的意见。"

方四财道："我们开了好几次会了，这一次开会过后就要动真格的，有什么意见在会上说。"

毛相林紧接着又说："井中的蛤蟆只知簸箕大块天，下庄村人不知山那边的车子比山羊跑得快。要致富，先修路。上面规定村级公路自己修，国家那么大，地方那么多，下庄村在这个山旮旯，政府一时顾不过来，但是我们不能等，不能靠。修路致富是我们现在的大事，路修起了，才能彻底改变我们下庄村贫穷落后的命运。修路不是开玩笑，涉及每个人每个家庭，真正动工就没法后退。大家都要发言，想到什么就说什么，支持也行，反对也行，都要说出自己的真实想法。"

会场上其他同志开始陆续发言。

"修路是为我们的后人着想。子孙后代不能再像我们一样受穷受累了。"

"对，我们家家都有娃儿，我们这代人吃点苦不算啥，我们要给子孙后代造福。"

"老支书又不是没修过，看嘛，那条毛毛小路不是摆起的嘛？"

"我同意修。路修好了，大家就过上好日子了！"

"钱从哪里来，工该怎么出嘛？"

"毛矮子真的疯了，你要大家和你一起疯啊？"

赞成修路的越来越多了。有关修路的问题也提得越来越实际、越来越尖锐了。

杨元鼎对村里的经济状况了如指掌，说："我们村一穷二白，哪有钱修路？这事有点难。修的话，得想点办法。"

毛相林说："我和方同志想过这个事，我们用集资的办法解决这个问题，如果每个村民 10 元钱，全村 397 人，我们就筹得到 3970 元。这钱，就拿来做测绘线路的启动资金。"

杨元鼎道："外出的呢？他们人没在家，地还在下庄村，这事怎么说？"

"只要在村里有承包地的人，不管是谁，都要修路。谁不修，就收回他的承包地，让他们的户口从下庄迁出去。"

"有些人实在拿不出怎么办？比如吴国利家，家里有一个瞎子，娃娃多，实在很困难。"杨元鼎又问道。

毛相林道："把家里面的腊肉拿几块到乡上去卖，也可以卖到几十元钱，村民当背脚，再卖点桐子、苞谷、麦子，也能换点钱。只要我们想办法，这个问题是能够解决的。"

平时语言不多的民兵连长杨亨双也发言道："全村总共加起来只有这么点钱，在外面请工修路肯定是不行的，只能我们自己干。只是，这个工怎么安排？"

毛相林早就想好了对策，从从容容地答道："我们全村每户出一个人做义务工，大家都要为村里修路尽义务。如果实在没有劳动力的，那就出20元钱一天请别人帮着修。这个不能搞特殊，一搞特殊，这个事情就搞不成了。"

大家不住地点头，都觉得毛相林说得对。

会上还决定，由于大家提出的问题很多，会后就由驻村干部方四财给大家解释。方四财文化高，懂政策，村里人都服他。对于乡政府派方四财到下庄村驻村这事，毛相林认为这是上级领导给下庄村派来的"智多星"。有了驻村干部支持，自己就多了一份底气。

毛相林见会上大家讨论得差不多了，就做了最后总结："我们这次开会，首先我们党员和村干部要统一思想，拧成一股绳，铆足一股劲，我们在任何事情上都要起到模范带头作用，不能让村民戳我们的脊梁骨。再就是，我们要充分发挥我们各方面的能力，外面有关系的要去找外面的关系，争取更多的社会支持，钱和物资都可以。"

连续四次村组干部会和党员会，统一了大家的思想。大家都认为这条路必须修，也有信心修好。

四、多助之至，天下顺之

下庄村村民大会在村小学坝子召开，这是毛相林召开的有关修路的最大的动员会。

路上，有小的扶着老的来，有老的牵着小的来。谁都没想到，久病卧床的村民也来了，他在家里说："这么重要的事我不去不行，你们有孝心的话，就把我抬起去听。"这话的确有些激将的作用，那些本就有孝心的儿孙们，真的把卧床的老人抬到会场上，让他亲耳聆听毛相林宣布下庄村要修路的重要决定。

当天，全村村民都来了。

毛相林等大家在院坝里坐定以后，站起来说道："我们今天召开全村村民大会，要说什么事，估计大家也都知道了，一句话，就是修路！"

虽然修路的事早就传开了，但毛相林以党支书、村主任身份在全村大会上说出来意义就不一样了。会上，毛相林提到七星村的变化，提到自改革开放后外面世界的变化，提到下庄村的贫穷落后甚至还有些愚昧。他说这一切都是因为这个地方的环境恶劣造成的，都是因为没有路，不了解外面世界造成的，怪也怪不到大家。

他提到下庄村有猪卖不出去的事；提到煤炭运不进来只能冒着生命危险上山砍柴从悬崖上摔死的事；提到娃娃因路难走，中途就辍学的事；提到如果不修路，子孙可能连老婆也找不到的事；提到外面都现代化了而大家还满足于吃红苕、洋芋、苞谷的事……这一切，都是因为没路啊！

一石激起千层浪，毛相林的话引起了大家的共鸣。好多人想起自己的家事，眼泪都掉下来了。

毛相林趁热打铁，继续讲下庄村未来的发展，说如果把路修好了，将来一定会比七星村更兴旺、更富裕。

当然，他也提到修路确实很难——山高路险，没钱，劳动力又少。但是，这些困难都能克服。他说路修好了，孩子们读书就不用爬坡上坎了，也就不会厌学了，家家户户文化人多了，就会把全国各地的能干媳妇、乖媳妇娶进来了。他说只要我们人心齐，就会泰山移，只要去修，就一定能修通。

大家听得目不转睛，听得好多人都情不自禁地站了起来，听得越来越多的人挤到前面来。还有不少人，都激动得握紧了拳头。人们的胸膛里恰似有股熊熊的烈火在猛烈燃烧。

毛相林道："对修路这件事，我们这辈人不行，还有下辈人；我们下辈人不行，还有下下辈。我们这代人再穷10年，再苦10年我不怕，怕的是下一辈人再穷再苦。我们下庄村人是有骨气的，团结起来，齐心协力把这条路修好。"

会场上，掌声响起来了，村民们议论纷纷：

"其实我早就有修路的想法了。就是不敢说，外面变化太大了。"

"我们过去胆子还是小了点。这次有毛支书和方大学带头，我们不怕，我们修。"

……

毛相林道："修路这件事的确太大了。光靠我们几个村干部肯定做不成，今天把大家集中起来，修不修，大家说了算。怎么修，也是大家说了算，决定了的事，大家就不反悔。"

话说到这里，好多人答道："要修！""要修！""我同意修！"

曾经担任过支书的沈发白有点顾虑，道："三材物资是管控物资，不好搞。还有，大家都去修路，地怎么办？"

毛相林又掰起指头给大家算了笔用养猪的钱换回炸药、雷管、导火线的账。

沈发白认可毛相林的分析，立马站起来，说："我那反对票变成赞成票。我同意修路。"

毛相林说："好！那我们现在就把这事定下来了。根据村委会讨论，我们按人头每人集资 10 元。如果大家按时交款，我们的启动资金就有了。更多的事，以后再讨论。如果大家同意，就举手表决。"

全村人都高高举起了自己的手臂，齐刷刷的。

蒋延成的儿子郭光清举起了手，仿佛高高的山岭就是他的敌人，他要为父亲报仇。他要让崇山峻岭为他让路。他要报名修路。

老支书的两个儿子也举起了手。

多助之至，天下顺之。全票通过了修路的决定后，毛相林和方四财好像浑身有使不完的劲，他俩立即把村委会干部留下来布置更细致的工作，党员和村社干部们各司其事，各负其责。

毛相林回家后，母亲杨自芝提醒他说："儿啊！只要把架子搭起了，那就是死也要修，活也要修，死活都要修路。但有一条，要修就修好，不能修到半头就不修了。当村干部的，你要起到带头作用哟。"

"妈，你放心，我一定带大家把路修好。"

话说集资消息一公布，家家户户的当家人都回家翻箱倒柜，一是看家里有几元钱或者几角钱，二是看家里有什么东西可以拿出去卖。

杨元鼎、杨亨双、袁堂清三家人，转去转来有点亲戚关系，当他们走到一起的时候，不约而同都说家里总共还不到 20 元钱，这该怎么办啊？

为了筹资第一笔每人 10 元和第二笔每人 50 元，大家真是"八仙过海，各显神通"，杨亨双说："我去当背脚。再怎么苦，也得把钱凑出来。"

袁堂清背上粮食，走老路，到竹贤乡去卖，一次 100 斤，卖十来元钱。为了早点筹齐集资款，还要去官阳找当伯伯的老辈子们借点。

山里的男子汉到山外借钱，那真是难。杨元鼎和袁堂清得走数十里路，得走 108 道拐，得翻山越岭。他们的脸红了一次又一次，话到嘴边，又一次次把话吞了回去。

最后，他们不得不向自己的伯伯、舅舅或姨爹说明情况——我想借点钱修路，等手里松动点就尽快还上。好在他们的伯伯、舅舅或姨爹都对下庄村地形熟悉，也了解下庄人，都在下庄人最艰苦的关键时刻伸出了援手。

借到钱的男人们又有顾虑了：一下找老辈子们借了两三百元钱，什么

筹集修路启动资金

时候才能还上啊？可是，无论他们怎么计划怎么算，最快的速度也得把路修好以后才能去挣钱还人家。为此，借到钱的杨元鼎、袁堂清感觉特别对不起自己的老辈子（长辈），这得让他们等上好几年，他们的家庭也不富裕啊。

王朝林没地方借钱。他每天早早地去堂塆、红岩塆、女儿阡那些危崖上砍柴。低处的柴火没有了，近处的柴火更被砍光了，王朝林只能去那些高的、危险的地方砍。好在砍一百来斤柴火，也能卖2～3元钱给那些出外打工回来的人家。

最为困难的吴国利一家也在准备集资款。吴国利说："修路我支持，我女儿永香、永翠还小，老婆眼睛又看不见，我儿子吴永龙去修路。修路是我们自己的事，我不得拉大家的后腿。"

为了集资，不少人就像毛相林说的那样，背着家里的腊肉或是小麦、苞谷，再攀爬古道到骡坪去卖。

毛相林很感动，他知道每一位下庄村人都有一颗强大的内心，他们所有的努力都是想早点赶上外面发展的速度，过上七星村那样的好日子。

一人呼，全村人应。集资大会如期在下庄村村小召开。

毛相林宣布集资大会开始。很快，他接到共产党员杨元玖庄严而郑重地交上的第一笔集资款40元。杨元玖是残疾人，走不得路，他是趴在妻子黄玉芝的背上走到台前的。

毛相林无比感动，他太了解杨元玖了。

杨元玖出生于1957年，小学文化。没出事之前，他体魄健壮，五官英俊，眼睛炯炯有神，有一副难得的好身材。1978年初，杨元玖如愿到了吉林柳河县某部队当上了一名空军战士。

杨元玖参军那天，未婚妻黄玉芝走了一天的山路才到下庄。然后两人又从下庄村出发到巫山县武装部。路远难行，这一走，就走了两天。

在部队，因为工作出色，杨元玖于1981年5月22日光荣地加入了中国共产党。退伍后，杨元玖回到下庄村。哪知后来在湖北打工发生了事故，工地上一墩石头飞来，不偏不倚地打折了他的双腿。从此胸椎以下没有丝毫感觉，吃喝拉撒都离不开他的妻子黄玉芝。

杨元玖非常想念军营，相册里有不少和战友在一起的合影。他有一个特别想修路的愿望，路修好了，就能想办法出外见自己日夜思念的战友了；路修好了，战友们到这儿来的话也就方便了。

杨元玖的二弟杨元国也是下庄村的共产党员，常常帮哥哥进点小东小西摆个小摊，帮着哥哥嫂子过日子。

杨元玖常坐在屋檐和地坝上听大家议论修路这件事。他听说弟弟杨元国和妻子都要报名修路，既感到高兴，又感到遗憾、失落和痛苦。他恨自己没有一双健康的双腿，他恨自己不能和一同长大的兄弟们去工地修路，他恨自己像折断翅膀的鹞鹰不能飞到云层，他恨自己只能面对耸入云天的高山发出无奈的声声叹息。

妻子黄玉芝安慰他说："你不要着急，不要担心，我去修路，我有力气。"

杨元玖道："我们家虽然困难，也要把集资款交齐，绝不能拖大家的后腿。"

当杨元玖交了第一笔钱后，后面的村民紧紧跟上来，接下来的五天时间内，一扎扎、一捆捆零零碎碎的人民币交到村里。果真像预计的那样，3970元一分不落，全部到位。

毛相林拿着村民筹集起来的这笔钱，心里沉甸甸的。这是全村人的重托，这是责任、未来和希望，是下庄村走向幸福的星星之火。

集资款到位后，毛相林和村干部一边联系测绘人员，一边向外联系，争取外援。

毛相林和方四财都知道做这么大的工程，没有炸药、雷管、导火线根本是寸步难行。可目前，村里连钢钎、錾子、大锤、二锤、箩筐、撮箕、扁担都缺，更别说口罩、手套、施工帽这些劳保了。

毛相林和方四财忽然灵感一现：去向巫山县农业局局长朱崇轩求助。他不仅管着炸药、雷管和导火线，还与下庄村有着千丝万缕的关系呢。

其一，朱崇轩当过老师，他的学生张泽燕正在下庄村村小当老师。朱崇轩对自己的学生张泽燕熟悉，对下庄村悬崖上的羊肠小路也了解。

其二，朱崇轩曾在骡坪当过区委领导干部，下庄村正好是他的管辖之地。

其三，方四财是以农经干部的身份驻下庄村，方四财也是朱崇轩的下属。

毛相林说："下级找上级汇报工作，谈谈下庄村人修路的具体困难是天经地义的事，或许上级领导听了汇报，会根据下庄村的实际情况给予适当的帮助也说不定。"

巫山县农业局局长朱崇轩听完毛相林和方四财对下庄村人修路的打算、计划和安排后，被下庄村党员干部不等、不靠、敢闯、敢干、敢负责的精神和勇气所感动，答应农业局援助下庄村10万元的炸药、雷管和导火线，还可支援一些钢钎大锤之类的工具。

原来，朱崇轩早就领教过绝壁上的羊肠小道。几年前，朱崇轩和他的同事们搞调研，被困在下庄村的108道拐的小道上。天黑路陡，上不去，下不来。无奈之下，只好等村民们打着火把接他们下来。当时也曾有人提过修路，只因那条路实在难修，所有人想到四周绝壁都不寒而栗，没谁敢真正实施。

毛相林、方四财、杨元鼎和老支书黄会鸿一起讨论修路线路

朱崇轩知道下庄村人太需要一条脱贫致富的路通向外面了，可是他万万没想到下庄人竟然敢凭一村之力去挑战如此高难度的工作。他鼓励道："你们修一截路就要修好，就要修成功，就要修得像一条路。你们出义务工，我们农业局出一部分三材物资。对于修路，这本是我们农业局发展乡村的职责。"

10万元的物资对修一条绝壁上的天路当然只是杯水车薪，但是对于毛相林和下庄村人来说，犹如久旱逢甘霖，来得正是时候。

请专家测绘的费用已经够了，朱局长答应的三材物资也会紧跟到位。毛相林和方四财别提有多高兴了，老感觉耳朵里有一种声音——那是下庄人向高山要路的炮声：轰……咚……轰……咚……

测绘工作很快被提上了议事日程。

毛相林和大家商量，村里没有测绘专家，那就到外面去请。为了这事，毛相林到三溪、到起阳，还到过别的好几个地方，最后请来了测绘土专家邓顺权。

毛相林找到邓顺权后，谈了修路的想法和村里的情况，他诚恳地说："老邓啊，我们下庄村就这个底子，我们全村好不容易才筹到这笔测绘费，如果测绘费用再高，就没有了。"

邓顺权已经年满六旬，本来不想接这个任务，但他被下庄人修路的诚心、决心和勇气所感动，很实诚地说："老毛啊，从市面价来讲，再也没有比这更少的测绘费了，毕竟，我是拿命来测量，下庄的崖壁，真是比华山还险啊。"

测绘工作很快开始了，尽管有心理准备，但勘测难度还是超出了邓顺权的预想：下庄山谷四面皆绝壁，完全没有立足的地方。大山里鸦雀无声，崖下溪沟的流水声隐隐约约。他不由得打了几个寒战，对身边的毛相林道："这路，你们真的要修啊？"

毛相林道："要修，这路我们修定了。"

邓顺权的心像钟摆，不停地在半空甩来甩去。他站在悬崖上想："你们下庄村人想在这里修路，是在向阎王爷掏心，在虎口里拔牙呀。如果硬是要坚持修，不付出巨大的代价是不行的。"

这代价到底有多大，邓顺权不敢想下去。想着毛相林和其他村民修路的坚定态度，邓顺权决定，再难也要帮助他们规划好公路线。

邓顺权没有现代化测量工具，只能站在对面山上根据山势确定路线。对面山也是绝壁，稍不小心，就会掉入崖下摔得粉身碎骨。为了安全，邓顺权在毛相林和其他村民的保护下，腰上套绳子，爬上悬崖，凭经验规划对面山壁的公路线。

颇有攀岩经验的邓顺权在测绘中遇到了无数次险情，常有鹞鹰远远地冲向他，试图用坚硬的翅膀去砍断绳子，也有野猴猛烈地摇树枝，更有风化后的石渣子从山上掉下来。

在绝壁上艰难测绘的邓顺权用了40天的时间，终于把一张张穿山越谷、逢崖凿路的线路图交到了毛相林手里。规划的下庄公路从竹贤乡两河头开始，在龙水井处开山凿岩，顺鱼儿溪，经私钱洞，过鸡冠梁再来一个回头大转弯，依山绕道而行再跨过鱼儿溪下端直抵下庄村，全长12.5公里。

尽管是用原始方法目测的，有的地方的数据不是很准确，但是毛相林和方四财拿到测绘图，就像抱着一个刚刚出生的婴儿激动不已——这是未来，这是希望，这是下庄村的初春！

临别，邓顺权再次向毛相林求证："毛支书，你们真的要修？"

毛相林道："肯定要修，为了子孙后代，再大的困难也要修。"

邓顺权郑重地道："太险了，私钱洞和鸡冠梁那一段更是险中之险。我在测量中，时常看到野猴从这岩跳到那岩，还有野猴摔到崖下。我看到野猴摔下山时，是真的害怕。"

毛相林道："开弓没有回头箭，山势再险也得上。"

邓顺权道："我太佩服你们了，我也希望你们能够把路早点修通。你们修路遇到什么困难，带个信给我就行了。"

邓顺权完成了工作任务，带着疑惑和担心，还有对下庄人崇敬的心情离开了。修路的人们，热情越来越高，人心，也越来越团结了。

五、积极踊跃报名修路

"毛支书，我要报名修路。"63 岁的马振荣主动报名修路。他的亲兄弟马振华和最小的兄弟马振贵也报名了。下一辈人中，马振荣的儿子马兴潮报名了，侄儿马兴喜也报名了。马家两辈五人中，有亲亲三兄弟，两对父子兵。

马振荣报名修路，毛相林有些不放心。马振荣已经 63 岁了，修路毕竟是重体力活儿，山石不长眼睛，随时会要人命。

马振荣拍着胸膛对毛相林道："我不怕，阎王爷不收我的命。"

他之所以敢说这个话，是因为他有多次死里逃生的经历。

1972 年的一天，马振荣在羊肠小道的二墩岩打石头，哪想到绳子断了，被困在万丈悬崖中间。好不容易被同伴发现，吊了一根长绳下来，才把他费力地拉了上去。

更绝的是 1978 年去后溪河刮棕，爪钩的绳子断了。40 多岁的马振荣又被困在高岩上。这次他是叫天天不答，叫地地不应。上次有同伴帮马振荣逃离险地活了下来，可这次无人相助。想要活命，只能自救。马振荣动手砍了很多棕叶，又利用棕叶原本的韧性和弹性扎了一个厚厚的像船、像鸟、又像飞机的怪东西帮助自己脱身。生死就是这一搏，他把自己捆绑在用棕叶扎成的不知为何物的救生工具上，心一横，眼睛一闭，那东西真的像长了翅膀的鹞鹰，摇摇晃晃地就从高高的石岩上滑翔下来。谁都想不到，马振荣在危难时刻，居然用下庄人特有的聪慧和机敏化险为夷，创造了后来被下庄人津津乐道的现代神话。

1992 年，马振荣到湖北京山县龙映乡打工，一块巨石塌落下来，左腿大骨被压断了，右腿大骨被压破。医院做了四个小时手术，将左腿大骨换成一根钢柱。包工头胡老板把他送回家，再后来就狠心不管了。马振荣没有向命运屈服，先是妻子、儿子背进背出照料，然后他拄着木棍在地上一步一步挪动，过了一年，他就彻底站了起来。

这位在命运面前不服输的马振荣，他一次一次和命运较量，用自己的智慧与毅力战胜了一次次死亡。

了解马振荣情况的毛相林，这次真的不忍心让60多岁的他再上工地了。

马振荣见毛相林还在犹豫，道："毛支书你放心，我们下庄人被明岩压苦了，这一次必须彻底解决，否则又不知道要拖好多年。我和明岩打交道多，经验多，我请求当我们四组筑路队的安全员。"

毛相林感动了，眼圈有些红润。马振荣安慰道："毛支书，我的命硬，山王老子不得要。你放心嘛，我两个兄弟要去工地修路，我儿子和侄儿也要去，我们班组那么多人要去。天天看着他们，我才放心啊。"

毛相林实在不好拒绝这位老人的心意，道："既然这样，你就去吧，你自己也要注意安全。"

得知村里唯一的赤脚医生杨亨华报名修路了，毛相林既高兴，又担心。如果村里有病人，该怎么办呢？他哪里知道，人家两口子，已经把这事商量好了。

杨亨华眼大眉浓，敦敦笃笃的。他是下庄村四社的赤脚医生，他和妻子黄淑英育有一儿一女。杨亨华是远近闻名的大力士，可以背上一条300斤的生猪攀爬羊肠小道到山顶，还能背起350公斤重的铁管走上100多步。杨亨华除了力气大的本事以外，这位钢铁般的男儿还能手拿一根小小的针刺进病人的手臂和屁股，还把带泪怕痛的小孩子逗得呵呵笑。

报名前，杨亨华和妻子黄淑英商量："我想到工地上去当钻炮手，你说诊所关门不？"女人说："诊所不用关门。跟你这十多年，我早就学会打针拿药输液这些事了，你放心去就是了。"

杨亨华当然放心，手把手教她十几年，诊所大大小小的事她都会了。

听说村里的赤脚医生要去修路，有人说："大力士，你去修路，诊所一年要受好多损失哟。"又有人说："下庄男人都去修路，家里更缺钱，以后拿药都拿不起。"

杨亨华也想到过这一点，特意叮嘱妻子道："村里修路，生活肯定紧张，如果他们有个三病两痛，根本就拿不出钱来买药丸子。你看是不是先让他们把药钱赊起，等以后有了钱再说。修路是大事，医病同样是大事。"

黄淑英点头说："放心嘛，我也是这么想的。"

开工的时间越来越近了，毛相林分头召开了好几次会议。有一件事让毛相林心急，三社社长蒋云龙打工还没回来，这该怎么办？

毛相林和杨元鼎商量道："干脆在三社开会，大家选出一位新社长，看大家怎么说。"

这个会议，引出一段毛遂自荐的故事来。

18户人家全到齐了。毛相林说："初八要开工了，后天各社社长要去领路，你们的社长还没有回来。为了保证三社按时完成任务，不拖后腿，村委会决定，今天要选出一位新社长，鸟无头不飞嘛，请大家提名推选。"

大家相互看看，都不知道选谁当新社长好。

大力士杨亨华

蒋云龙的妻子陈正香在会场上，她看看毛相林和杨元鼎，然后忽地站了起来大声说道："毛书记，杨会计，蒋云龙是不是在当社长期间犯了错误？他是不是干了坏事？你看你们今天就要改选社长了。"

毛相林道："他没有犯错误，是他没在家，我们选一个人领头，好开展工作。"

平时少言寡语的陈正香顿时有些发火："我男人没在家，接下来的事情为什么不问我？官去了衙门在，老爷出门有太太。修路是全村人的大事，跟你们说，我男人不会在这个时候下台的。他不在屋里我又不是捡不起。今天大家都来了，你们也表个态，同意我当社长的就举手，如果大家信不过我，再选他人我没有意见。"

说完又补充一句："你们放心，我不会给村里找麻烦的。"

古有花木兰替父从军，今有陈正香替夫当社长。听完陈正香的一番话，大家相互看了看，然后齐刷刷地就举起了手，异口同声地说："我同意陈正香当社长。"

陈正香也举起了自己的手，像是在宣誓，像是举起一面刚刚打了胜仗的旗帜。

选新社长的事就这么顺利地处理了，虽然这不是预想的结果，毛相林和杨元鼎还是愉快地相视而笑。

还有四天就要出征了，这位毛遂自荐的年轻女社长，准备好了上工地的粮食和工具，也安排了她手下的17个男人谁打炮，谁出土石方，谁去砌石坎子。17个男人几乎同声表示：要听从她的安排，保证不在出工后的每一天拉稀摆带（不耿直，说话不算话）的。

还没出征，就看她调兵遣将运筹帷幄，有谁相信只有初中文化的陈正香那时只有31岁。在男人们的眼里，这位年轻的下庄村媳妇像是一位指挥战场的女将军。

打工的黄会元带着全家回来了，还扛着一台凿岩机。

1996年初，黄会元和父亲商量："我想到外面去闯闯，我不能再等下去了。我走后，反正家里还有两个哥哥，家里有啥事，我就赶回来。"

儿子要带着一家大小去湖北打工，孙女玉秀、孙子玉湖还那么小，父亲黄益坤虽是有点舍不得，但想想也对，他是去打工，又不是迁出去。家里万一有个啥急事，还有大儿子黄会生和二儿子黄会平。二儿子还是党员，有啥事也顶得起，他就点头同意了。

　　到湖北省京山打工，黄会元妻子杨自慧当然高兴。京山交通方便，不像下庄村走个路还脚蹬手抓。黄会元勤快，自己也不懒，以后过好日子是没问题的。

　　山里出来的男人，吃得苦，耐得劳。黄会元眼睛尖，学东西快，很快在采石场学会了难以掌握的凿岩技术。有了技术，挣钱比原来多，小日子也过得滋润。

　　在异乡的日子里，黄会元常常想起一起上山砍柴、一同下地做活儿的杨元玖和彭仁松这些朋友。他出来后，一年难得回去两次，虽然答应过父亲要经常回去，但回去一次总是有很多的不方便。

　　黄会元特别恨挡住了人们视野的崇山峻岭，但是他喜欢每年的11月，山上的树叶全红了，红得透明，红得干脆，红得像云，红得像霞，红得把心都烧得像烈火。

　　黄会元探索过山外的太阳，晒得那么的有温度和力度，有的地方，鸡蛋放在地上都晒得熟。可是下庄村的太阳不一样，虽然一出来就直挺挺地在头上明晃晃地挂着，但它的温度是软绵绵的，连收下来的苞谷都晒不干，那些年公粮要上交干苞谷，还需要人们用柴火烘。

　　到了京山的第二天早上，杨自慧看到了远处的太阳慢慢地升起来了，急忙推醒睡梦中的黄会元说："会元你快看，太阳从土里升起来了。"真的，太阳从土里升起来了，夫妻二人仿佛看到自己的好生活也像太阳，慢慢从京山这块土地上冉冉升起来了。

　　对下庄的爱和怨，就这样交织在黄会元心里。

　　1997年，村里的一个电话，彻底改变了黄会元的人生。

　　电话里，毛相林告诉了他下庄村修路的事。黄会元似乎有点不相信自己的耳朵："毛支书，你说我们下庄村修路？"

黄会元

"真的，真的修路！"毛相林在电话里如此这般地说了自己的想法、打算和村里的规定，"如果你不回来，每天交20元请人修也可以。"

对于黄会元来说，请人修是没问题的。但是有凿岩技术的黄会元早就想在下庄村修一条路，一听到村里要修路就心动了。

毛相林又问道："会元，你愿不愿意回来和我们一起干？"

"我愿意！我要回来和大家一起修路。"黄会元知道这是下庄人的责任，更是自己早就藏在心里的愿望。不去修，哪对得起后代子孙？他一点都没犹豫就答应了毛相林。

黄会元回头给妻子做思想工作，道："自慧，村里来电话说我们下庄村修路。我想回下庄村去修路。"

杨自慧说："我们好不容易走出来了，真要回去搞那条路？"

黄会元说："我一定要回去。"

杨自慧不想回去。毕竟京山的生活比下庄村好得多。她记得 1984 年第一次去黄会元家的情景，那次走绝壁上的羊肠小道和那 108 道拐，身上痛了好几天。那一次见面后，她曾经犹豫是否嫁给这位下庄小伙子。

1987 年，杨自慧和黄会元结婚了。黄会元勤快、幽默、勤劳，一家人日子也算过得不错。可是看着圈里一天一天长大的肥猪，杨自慧发愁了："养这么肥有什么用呢？卖不出去，又换不来钱。"下庄村山路陡，人难行，只能把猪绑在人的背上。猪又听不来人话，不听指挥，万一挣扎，猪掉到悬崖下不说，连自己的命都交给猪了。当黄会元提出到外面打工时，她一口就答应了。

到京山后，杨自慧还在憧憬着未来美好的生活，现在黄会元提出要回去，她有想法，不情愿。杨自慧说话很直接，道："修路要死人，你不怕？"

说到死，谁不怕呢？可黄会元说："不修路怎么办？不修，子子孙孙永远都没有出路。我们修路是为了后代子孙享福。"

话说到这一步，妻子反驳不了他，也不再阻拦他并同意一起回下庄村。

回乡前，黄会元想用凿岩机亲自把鸡冠梁和鱼儿溪那些壁上的山石轰下来，特意借钱买了台凿岩机。

六、出发前的夜晚

修路的日子越来越近，寒意也来得特别早。山里的树叶由这绿到那绿，由这红到那红，村民们也早就穿上了棉袄。

那些被修路激情所燃烧起来的下庄村人好像没有一丝睡意，也一点不觉得寒冷。出征前，或是丈夫，或是妻子，或者儿子，或者父子，或是父女，或是母子，或是母女，或是爷孙，都在做出发前的最后准备与冲刺。他们依依不舍，又相互支持与鼓励。

出征前，刘恒玉家里分了个工。

女儿刘道菊去广东打工，挣钱给娃娃治病，女婿沈庆富和大伙儿一起去做义务工修路，岳父刘恒玉和岳母张国英在家里种地带孩子。

刘恒玉反复叮嘱："爬坡上坎慢点哟，修路时，你要好生些。"

刘道菊也道："修路危险，你眼睛要看事点。"

沈庆富抱着自己的娃儿亲了亲，回头对妻子道："放心嘛，我晓得好生些。"

1997年沈庆富25岁，结婚前家住骡坪。他家有三兄弟，自己是家里的老幺。刘道菊住在下庄村周家屋后面，家里有两姐妹，她是老大。刘道菊的父母不希望两个女儿都嫁出去，至少，也要留一个女儿在身边。两个老人想来想去，最后想到用"招亲上门"的办法留住自己的大女儿刘道菊。

两年前，沈庆富是作为上门女婿"嫁"到下庄村刘恒玉家的。沈庆富能干、乖巧，岳父母家里人都喜欢他，他和妹妹也相处得好。

对于沈庆富家来说，情况就有些不同了，自古就有"皇帝爱长子，百姓爱幺儿"一说。家里儿女再多也不嫌多啊！三兄弟中，沈庆富又最小，更是母亲的心头肉。母亲知道下庄村的路像蚯蚓，那蚯蚓似的路爬在岩坎上看都看不到，上坡鼻打杵，下坡脚打抖，走个路，都用手抓树藤，脚踩石崖缝，这哪是人走的路嘛。她只想儿子每天在自己身边转来转去。22岁的儿子要"嫁"到下庄村的刘道菊家了，这真叫母亲痛苦万分。

儿子结婚的那天，沈庆富的母亲伤心欲绝，担心儿子这一去，自己就再难见到儿子了，哭道："儿啊，你走后，哪个来心疼我啊？你这一走，啥时才能回来啊！"

沈庆富安慰母亲道："妈，您别想那么多，我会经常回来看您的。"

沈庆富母亲道："我就是不放心啊，我舍不得你走啊。"

沈庆富用手小心地给母亲擦那掉不完的眼泪。迎亲的队伍很热闹，唢呐吹得呜啦啦响。在大家反复催促和劝导下，他的母亲才不得不放儿子走。母亲反复叮嘱："你们要好好的啊，你们要经常回来啊！"

沈庆富道："妈，你放心。我们会回来的。"

"接亲"的队伍走远了，吹吹打打的声音也越来越小，沈庆富的母亲还站在那里。尽管儿子的背影看不见了，她还朝儿子去的方向看，久久不肯走。

"嫁"过来的沈庆富日子苦是苦了一点，可是有岳父母的疼爱，夫妻又和谐，还生了儿子，日子过得还算舒心。

村里宣布修路，这一家人别说有多高兴了。出义务工，他立刻报名。

出发前，沈庆富悄悄想过老母亲：妈，只要路修好，我就可以经常回去看你了，你也可以来下庄村走走亲，多在我们这里住些日子。

出发前，杨元炳和儿子向平准备好了出发的行装，另外还备了20多斤腊肉。如果哪家没交齐集资款，或家里劳动力不够，腊肉都可以按本地价折算。这种折算或是以物换物的交换，在下庄村很实在也很流行。

1997年向平13岁，小学毕业，成绩在班上名列前茅，是杨元炳和前夫毛相奎所生。

杨元炳没读过书，不认识字，但是明白道理。1984年，杨元炳从骡坪嫁到下庄时才17岁。儿子向平9个月大时，哪知"人在屋中坐，祸从天上落"，她丈夫毛相奎去扒沟，很快就被人抬回家了——落下来的一块石头打在了他的头上。杨元炳说："一天之内丈夫没了，我疯癫了好几年，不知道这生活该怎么过下去。好在我兄弟也就是我现在的男人毛相礼开导我，还帮我还了借的、赊的800元账。他怕我改嫁出去受人家的气，当然我也不忍离开这个家，后来我俩就结婚了。再后来我又生了女儿和两个儿子。将来我们的子孙要走路，我们当然得把路修好哟。"

杨元炳纵有千万个叮嘱和千万个不放心，仍然决定和13岁的儿子向平上山修路，家里留下了11岁的女儿毛连慈以及两个儿子毛连荣和毛连长。她对毛相林道："我们母子去修路，克服暂时的困难总比永久的贫困好。"

出发前，52岁的张国香安排好了长期卧床的丈夫和上中学的儿子，她除了准备好工地用的锅碗瓢盆外，还特意准备了分别能装25公斤和5公斤水的塑料桶，还有捆在腰上的绳子。绳子的用途很多，在背水的时候能派上用场，睡觉时还可以绑在身上以免掉到崖下去。她知道鱼儿溪和鸡冠梁那段路的艰难，做足了战胜困难的所有心理准备。

她报名去修路的过程，也是有故事的。

张国香嗓门大，声音好，有一副铁板一样硬朗的好身体，可对于修路来说，她家的劳动力又弱了一些。当社长把全社劳动力搭配好后，毛相林决定让村民坐在一起，商量一下此事。哪知张国香主动说："我们家中没有整劳动力，我一个女人，和大家一起干活儿我要占一些便宜。这样吧，我用两天的劳动力来抵一天，大家同意的话，明天我就上路出工。"

听了张国香的话，在场的几十条汉子没有一个说她捡了便宜，纷纷表态说："你没占我们便宜，我们不会捡根针当棒槌，哪个会和女人计较这个哟。"

出发前，陶中翠对12岁的儿子说："你要带好妹妹，平时妈是怎么喂猪的你就怎么喂猪，我要上山和大家一起修路，你们两个看一套书不要抢，轮着看，不然书都被你们抢烂了。以后路修好了。你们可以有好多好多书看。"话虽然说得平静，陶中翠实在不放心啊，自己的男人早就死了，她去修路，家里就剩儿子和女儿了。

出发前，沈庆莲拉着丈夫刘崇凤的手说："崇凤，你要平安回来啊！

你回来了，我才晓得你还在啊！"她知道，自己的丈夫在修路时要放第一炮，那是多么光荣又是多么危险的事情啊。

出发前，村里的老人和残疾人也坐不住了。

男人们要去绝壁上修路了，女人们也要在岩顶上修路。八十已过的老支书黄会鸿道："老了，我修不动路了。我的两个儿子去修。等路修过来了，我要去挖几锄头。"

70多岁的老党员吴昌汉和六十已过的沈发白道："大的事情我们不能做，我们就在庄里看娃儿，帮大家掰苞谷、放羊子，你们放心去就是了。"

老人们知道不少家庭的情况，大人修路，家里就只剩下孩子了。有的家庭是孩子去修路，家里就只剩下老人，如果自己常去走走看看，晓得他们安全也好。他还说要去陪瘫痪的杨元玖说说话。沈发白道："我年纪大了，这点事情我还是能够做的，只要看他们各个家里都没啥事情，我就放心了。"

杨元玖也在默默支持和鼓励自己的妻子黄玉芝去修路，默默地准备

下庄村农民歌手彭仁松

可能下一次还需要集资的款，也默默地把自己小摊上的货物赊给即将出征的村民们。

出发之前，毛相林还带领全村人做了一件大事，集中劳动力把村小的房子翻新加固。虽然是土坯房，黑板也只是一块破木板，但是孩子们不再东一家西一家地去上课了。下庄村村小的老师张泽燕既是这所学校的老师也是校长，这一天，他在村小的黑板上写了两行大字："大人流血修路为我们，我们读书为下庄村明天。"

出发前，驻村干部方四财也做好了长期修路的准备，他已受下庄村党支部和村委会的委托，除了要全面负责协调解决修路的炸药、雷管、导火线三材物资外，还要和毛相林一起处理修路中出现的各种矛盾和纠纷。

要去新的战场了，方四财想着得给老婆打个电话，告诉她最近无暇顾及家庭，请她多原谅，等路修好了，再慢慢陪伴并好好爱她。

出发前，有一副好气力和好嗓子的彭仁松在村庄里吼了一嗓又一嗓：

> 大道通苍穹
> 天地见人心吧
> 哪怕山高路不平哦
> 敢叫石公哟踏九川
> 天佑我辈保周全哟
> 子子孙孙永太平

出发前，共产党员毛相林望着四周那一片片金黄的、橙红的、橘红的、深红的、井状形山野，望着早就准备好凿岩机、钢钎、大锤、錾子、箩筐、扁担、风灯、盆子、锅碗瓢盆的村民们，眼睛湿润了起来。

（本章撰写：汪淑萍）

第二章
绝壁天路

在悬崖峭壁上凿出一条天路，充分体现了
下庄人不甘落后、不等不靠、不畏艰险、不怕牺
牲的英雄气概。有了这种英雄气概，任何困难
都压不倒下庄人民。

—— 题记

一、惊天动地第一炮

1997年农历冬月初八，下庄村村民聚在一起。男女老幼，面朝困住下庄村村民数百年的悬崖峭壁，站得笔直。此刻，群山之巅白雪皑皑，鹞鹰在天空盘旋。寒风从山林间穿过，"呜、呜"地吼叫。

个子矮小的村支书毛相林站在大家面前，语气坚定地做修路前的最后动员，他手语不算丰富，不时挥一挥，声音与个子相比显得相当洪亮："改革开放前，山里山外大家一样穷。我们下庄地里种什么产什么，两季水稻、苞谷和洋芋，长得都比外面好，大家饿不到肚子，外村的人愿意嫁到村里来。如今外面发展这么快，下庄再不修通公路，会和外面越拉越远。这样下去不对路，村里的人往外搬，村外的人不肯嫁进来，下庄人只会越来越少，过几年下庄就不存在了。要致富，先修路，这是大家都懂的道理，只是我们这里修路太难了，外面的人都不相信我们能在绝壁上修出路来。我毛矮子不得服这口气，就是蚂蚁啃路，也要啃出一条路来。路不修好，决不罢休。"

毛相林做了动员后，驻村干部方四财接着道："我们要感谢农业局，炸药、雷管和导火线都是农业局支援的，没有三材物资，路修不起来。农业局朱局长只有一个要求，修一截就要修好，要修成功，要修得像路。我作为驻村干部，和大家是一条心，不管再苦再累，不管困难再大，我也要坚持和大家一起干。毛书记刚才说得好，路不修好，决不罢休。"

村民们在毛相林带领下，举香过额头，发誓：路不修好，决不罢休。

一场向大山的战斗，正式拉开帷幕。

参加修路的下庄村村民肩挑背扛，带着大锤、钢钎、撮箕以及炸药、雷管和导火线等修路工具沿着下庄羊肠小道上山。这是连接外面世界的唯一的一条小道，从谷底到谷口垂直高度约 1000 米，村里最精壮的男人爬到山顶，也需要两个小时。今天要炸响修路第一炮，修路的汉子们精神格外旺盛，不到两个小时，整整齐齐的队伍便来到了山顶。

上午9点多钟，修路村民来到鱼儿溪龙水井，也就是下庄公路的最上端。

邓顺权规划的下庄公路是从竹贤村两合村接头，在鱼儿溪龙水井处开凿山岩，顺鱼儿溪，经私钱洞，过鸡冠梁，绕一个大弯，依山绕行，再跨过鱼儿溪，到达下庄村。公路全长超过 10 公里，绝大多数路段都修建在悬崖峭壁之上，可谓险关重重，步步惊心。

动工时间是下庄村会计杨元鼎翻历书确定的，农历冬月初八是黄道吉日，适宜开土放炮。刘崇凤的父亲和毛相林的父亲都曾经参加过抗美援朝，他本人有修路经验，就由他来点燃修路第一炮。

鱼儿溪龙水井附近岩面光滑，岩壁垂直，无处立足，也无处安放炸药。村民在刘崇凤身上捆上绳子，把他吊在石壁上。青龙石硬度极高，刘崇凤身体悬空，费了大力气才用凿子打出一个炮眼，安放好炸药。

绝壁上行走

修路第一炮

虽然寒风不停地袭来，汗水仍然打湿了刘崇凤的衣服。他用衣服擦了擦额头上的汗水，用眼光寻找总指挥毛相林，举了举手。

下庄村一队、二队、三队和四队参加修路的上百村民围站在一起，犹如竖起一面墙。下庄村是小村，人本来就不多，能抽出来的劳动力基本上全部在现场，农活只能丢给老人和妇女。

为了修路，下庄人破釜沉舟，不惜背水一战。

顺着鱼儿溪刮来的山风扰乱了村民们的衣服和头发。山风寒冷，山里汉子们的血液却滚烫，所有人的眼睛紧盯远处龙水井上方的那处悬壁，忐忑不安地等待惊天动地的第一声炮响。

支部书记毛相林看到刘崇凤举手示意后，没有立刻发出点炮的命令。

远处山峰上空，几只鹞鹰继续盘旋，绝壁和千百年前一样，依然傲然峭立。毛相林明白自己这一声令下之后这100多条汉子就要向悬崖峭壁发出挑战，开弓没有回头箭，成功还是失败现在还真是无法预料。如果修路成功，下庄就和井外的村庄一样，可以跟上社会发展。如果这次修路失败，那下庄修路之事不知会被拖好多年，甚至人去村空，下庄将不复存在。他随即把复杂心情扔到脑后，咬了咬牙，大声下令道："开炮。"

导火线发出火光，在稍显阴暗的空气中闪烁，并快速推进。在导火线燃到末端时，突然暗了下来。若是第一炮哑了，那就预示修路不吉利，毛相林的心一下子提到了嗓子眼，暗自祈祷："修路第一炮，一定要响。"

祈祷两遍时，山体岩壁埋填炸药处发出一声闷响，两公斤炸药爆发出巨大能量，大地颤抖，山石飞溅，悬崖上冒出了浓浓的烟尘，大量崖石垮塌下来，决战天路的第一炮顺利打响。

村民们不分老幼，都欢呼起来。

二、村看村，户看户，社员看干部

在悬崖峭壁中修路绝非易事，除了要有不畏艰难的勇气和必要的物质保障以外，还得精心组织施工。上百人的施工队伍，如果组织不好，不仅影响工程进度，还会出现各种扯皮事。工具差点是没有办法的事情，但是组织施工一定要周全，这样才能让所有人的心往一处想、劲朝一处使。

毛相林多次召开村组会，研究制订了五条施工组织办法：

第一，根据路线规划，下庄公路是从山上往山下修，以方便供应物资。而且，从鱼儿溪往下修，地势相对平坦，难度低一些。先易后难，没有修路经验的村民们可以在修路过程中积累经验。

第二，四个生产队各自负责一段公路，每个生产队就是一个工段，四个工段同时开工。在每个生产队的区域里，每人分一段路，责任到人，进度一目了然。毛相林、杨元国、杨元鼎等村干部，既要负责日常管理、对外联络和物资采购，又得完成自己的责任区。

第三，按人头分路段，有的家庭人多，责任路段就长，有的家庭人少，责任路段就少，为了公平，就补差价，完成不了路段工作量的人家要按照核算金额补助给多做工的人家。

第四，凡是下庄有承包地的人家，不管是否住在下庄，要么投劳，要么每天交20元钱，没有例外。

第五，男人上山投劳；女人负责做饭、运送物资、在家耕种土地；老人照顾年幼的孩子；年纪稍大的孩子周末协助大人做后勤工作。

尽管大家对在悬崖上修路的难度有充分的思想准备，也采取了相应的应对措施，但是真正开始修路以后，才明白修路的艰难比预想的要大，也就理解了为何前后三任支书都想修路而没敢动手。下庄周边山体是喀斯特

村民们按照约定有序施工

地貌，山石分层，硬度极高，当地俗称青龙石。施工现场没有现代工具，就算有现代工具，也很难在陡峭的悬崖上施工。

施工时，村民们得炸开山石，一寸一寸向前缓慢推进。村民们乐观地说锄头就是他们的挖土机，撮箕就是他们的推土机，手推足蹬，把炸碎的石场推下深沟。

开工以来，爆炸声，石头滚落声，持续不断。

从1997年冬月初八进场施工，到1997年腊月二十八放假，四个队的村民在相对平坦的鱼儿溪鏖战一个月，成功地向前推进100多米。虽然路程短，但是这一段路给大家带来了信心：山凿一尺宽一尺，路修一丈长一丈。虽然慢一些，总有修通的那一天。

离场那天，毛相林想出一个鼓舞村民士气的方法，借来一台农用车，村民们坐上农用车享受自己修好的100多米碎石路。村民们爬上车厢，让修路总指挥毛相林坐在副驾驶座位上，在修好的碎石路上来回行驶。彪悍的山民们一路欢呼，又蹦又跳，开心如少年。

1998年，下庄村村民继续修路。

鱼儿溪是小溪，在海拔千米的大山中绕行。从开第一炮的龙水井往下走，鱼儿溪两面夹壁，壁间距离只有几米，抬头望天，只有窄窄的一线。沟越来越深，山势越来越险，多数路段下崖修路都得靠腰拴绳子往下吊，很多接近90°的石质悬崖上连树都没法生长，必须打入木质楔子才能固定绳子，修路的难度比最初100米成倍提高。

在下庄，悬吊村民的绳子叫作虹绳。虹绳是在粗棕绳上绑一些红布，一来讨吉利，二来防止野兽袭击。绝壁是鹞鹰们的领地，只要它们看到绝壁上有人，就会成群结队地围攻，用坚硬的翅膀去砍绳子。鹞鹰抓人啄人更是常有的事，被啄上一口，那就得掉一块肉。拴上红布后，鹞鹰就害怕不敢来了，这是村民们长期摸索出来的经验。

绝壁凿炮眼

接近 90° 的悬崖实在是太险，纵横山林的野猴子也时有摔死，异常危险，就算有虹绳拴在腰上，村民还是会产生畏难情绪。毛相林作为修路总指挥，在负责全局的同时，还要到一队完成自己负责的路段，与村民们在一起摸爬滚打，因此很了解村民的心思。

春节后上山，毛相林把大家聚在一起，指着私钱洞和鸡冠梁方向，道："我们下庄人在山下生活了几百年，张家有 17 代，杨家有 11 代，我们毛家也有 4 代，大家都想修路，为什么没有修，就是因为这山又高又陡。我们要修路，必须有啃硬骨头的准备，村看村，户看户，社员看干部，今天就从我们村社干部、从党员开始，带头钻炮眼。春节后的第一炮，就由我毛矮子来放。"

毛相林在腰上套上虹绳，攀上悬崖，把绳子套在树桩上。他吊在竖直崖壁上，用凿子一点一点在青龙石上敲出炮眼，安放上炸药雷管。一声闷响后，烟尘腾空而起，炸飞的山石落下深渊，发出一连串的碰撞声，在山谷间回荡。烟尘散尽，尽管去年已经干了一个月，众人还是大声欢呼起来。

毛相林之所以敢于在绝壁上带头放炮，除了责任感以外，还和他的生活经历有关。他从小天资聪颖，考上了竹贤乡小学帽子班，寄宿于亲戚家，每周回下庄背一个星期的粮食。回校时，他和几个小伙伴一起，背起二三十斤的红苕、苞谷、洋芋，天刚麻麻亮，就攀爬绝壁上的下庄古道，从一墩子、二墩子到三块石直到山顶。

读了一年小学帽子班，毛相林因父亲病重，只能辍学，到生产队参加劳动，每天挣 5 个工分，成为半劳动力。下庄道路闭塞，煤炭运不进来，只能靠上山砍柴来当燃料。12 岁的毛相林承担起家庭重担，和大人们一起上山砍柴。木柴都是长在绝壁上，长期砍柴使毛相林和众多下庄人一样练就了攀岩的本事。正是有这种本事，他才敢于在绝壁上放第一炮。

毛相林带头，村社干部轮流上阵，自告奋勇套上虹绳，去凿开下一个炮眼。村社干部带了头，社员们也就不再含糊，轮流套上绳子，吊在悬崖上去开炮眼。

在大家共同努力下，公路向前推进，大山绝壁上出现了隐约的飘带。

三、艰苦卓绝的悬崖生活

在绝壁上凿炮眼难度很大，悬吊在半空难以发力，因此用手工凿的炮眼不深，炸药也不多，更主要的目的是炸出能够踩脚的地方。经过实践，村民们总结出打炮眼的技巧：先用钢钎在岩石上打一个洞，加一点炸药，把石头震碎，再取出震碎的石头，放进去一二十公斤炸药，这样就能炸开更大的面积。

一声又一声闷响之后，村民们在绝壁上炸出了能够施工的立足之地，有了这珍贵的立足之地，才可能向两侧扩展。公路就在炮声中顽强地在悬崖壁上一段一段延伸。

修路是在绝壁上进行，施工条件恶劣，尽管大家都遵守安全规则，可是在极度危险的地段用简陋工具施工，危险还是会在不经意间到来。

村民王先银在工地上撬石头时，不小心摔进5米深的鱼儿溪河坝里，送到医院检查，肋骨断了一根。所幸王先银所在工段的河坝不算深，如果是在前面更深的河坝，后果不堪设想。

毛相林放下工具，先送王先银到竹贤乡医院。等到王先银住进医院后，他再下山，准备向王先银的家人说明情况。

下山后，毛相林抓紧时间抽空回家一趟。毛永义已经得知王先银摔伤的消息，对着刚刚回家的毛相林发火："几个支书都修不了路，你要逞能。路才修这么点点就有人受伤，你硬是要把人整死才罢手？"

毛相林知道父亲是为自己好，修路死了人是真不好向村民交代。他性格倔强，没有被眼前的困难吓倒，道："路修不通，下庄就没得发展。好不容易起了头，不能说停就停。"

毛永义"哼"了一声，道："你现在是骑在虎背上，不修也得修。不听老人言，吃亏在眼前。"

毛相林道："遇到这么点困难就退缩，不是我的性格。我们下定决心要把路修通，大家在一起发了誓的。"

毛永义深知儿子那九头牛都拉不回来的性格，沉默了一会儿，道："私钱洞和鸡冠梁那边更险，千万小心，别死人。你等会儿去给王先银家里好好说，别人骂两句，不要还嘴，要听到。"

毛相林来到王先银家里，找到王先银母亲，很内疚地讲了王先银摔伤之事。

村民在绝壁上开辟天路

睡在山洞里的修路人

王先银母亲大度地道："毛书记，先金刚才回家，已经给我说了。这事不怪你们，是先银自己不小心，你不要担心。他这个娃儿平时做事就是毛毛躁躁，唉，现在得了教训，以后会好点。毛书记，山太陡了，你们以后修路一定要小心，有事无事拜拜菩萨。"

王先金是王先银的哥哥，也在修路工地上。当毛相林送王先银到医院的时候，王先金回了一趟家，提前给母亲说了工地上发生的事。

听了王先银母亲一番话，毛相林很是感动，有这么好的村民，路一定得修好。

从王家出来，毛相林回到工地上，召集杨元国、杨元鼎、杨亨华、袁孝恩等村社干部开了安全生产会，制订了更详细的施工安全生产措施。随后，所有工段都再次召开安全会，讲了安全生产细则。

在崖上施工，只要小心一些，摔伤等事故还可以控制。但是，在悬崖上开路必须放炮，放炮必然震松岩石，山石飞落没有任何预兆。当时的施工环境以及施工设施设备，根本没有能力防飞石。无奈之下，毛相林只能嘱咐大家千万要小心，多观察上方岩石的情况。

尽管大家都很注意安全，可是在绝壁上施工，稍有不慎，受伤难免。村民刘道珍在悬崖上打炮眼，一方石块落下来，砸在他的身上。身下是万千深渊，刘道珍强忍剧痛，死死抱住岩石上的飞钻，这才幸免于难。

村民们没有被困难吓倒，真正发挥了"一不怕苦、二不怕死"的作风，为了追求幸福，战天斗地，毫不退缩。

施工条件恶劣，生活条件同样异常艰辛。

施工地点距离其他生产队的人家很远，参加施工的下庄村村民没有办法借宿。每天回家又会浪费大量时间，耗费精力。开工以后，参加修路的村民吃住都在工地上，十天半月才回家一次，回家后还得为工地带回红苕、苞谷、大米等口粮。

悬崖上的工地并不是大家常见的设施齐全的工地，没有标准住房，只能在绝壁上的洞穴缝隙或者新开出来的悬崖等地落脚睡觉，男女都是如此。不少危险地段，村民们所睡之地距离悬崖也就是一个翻身的距离。在最窄的地方，村民们睡觉时还要在腰杆上拴根绳子，另一头拴在岩缝里的老树根上，免得夜里翻身掉下悬崖。

若是运气好，找到比较平展的地方，就可以搭一个由木棒、塑料布或茅草组成的临时窝棚，这种临时窝棚对于村民们来说已相当于宾馆了。山顶风大，夜晚更是风疾声响，临时窝棚上的塑料布或茅草经常被吹得无影无踪。

若是运气不好，岩壁找不到平整地，他们就要钻进狭小的岩洞岩缝，和野山羊、猴子等共处。

在村民最初来到山崖施工时，猴群感觉受到侵犯，非常愤怒，时常向村民扔石头。它们几十号聚在一起吼叫，在山崖上跳来跳去，向村民们示威。最初炮声响起时，猴子受到惊吓，常躲在洞里发抖。时间久了，猴子适应了炮声，纷纷蹲在岩对面，看村民放炮，有时还摇晃树枝，呐喊助威。与山羊相比，当村民钻入它们的山洞时，猴子更具反抗精神，会朝人们摇树枝扔石头，还趁人们劳动时拿走衣服裤子，挂在树上示威。

修路不仅是男人的事情，下庄的女人们同样为修路付出了很多。

毛遂自荐代替丈夫当了社长的陈正香果然没有拉稀摆带，开工以后，背着粮食和工具，带着17个大男人来到了鱼儿溪。在三社的工段上，谁打炮、谁出土石头，谁砌坎子，陈正香都安排得井井有条。她本人也是干活的一把好手，不仅本社男人服气，其他社的男人也竖起了大拇指。在村里组织的工段互相考评中，她多次获得好名次。

张国香的丈夫长期生病，没有劳动力，女儿正在读书。当村两委开始筑路动员以后，她主动以"两天劳动力抵一天"的方式来到工地上。张国香已经52岁，和陶中翠等女同志负责不同工段的煮饭任务。她没有把自己当成老年人，努力完成分给自己的任务。一天工作结束，小伙子们都累得腰酸背痛，张国香就给他们讲故事，或者唱几段山歌。小伙子们躺在草窝里，听张国香唱歌，一天的劳累就烟消云散了。下雨天，工地无法施工，张国香就帮大家洗衣服、补口子。当公路修过私钱洞后，张国香每天要步行5公里到鱼儿溪背水，还得穿过1公里多刚打出来的

往返背水的女同志

岩路，有的路段很险，要拉着藤蔓才能经过。每天煮饭要用水 200 多斤，她背一个能装 50 斤的桶，提一个 10 斤的桶，要来回三趟才能满足一天所需。这个工作十分辛苦，张国香任劳任怨，一点没有叫苦。她年龄稍长，又有亲和力，在崖上给村民们建了另一个"家"，能把大家团结起来。每天吃饭时，村民们聚在一起，说说笑笑，谈天论地，身体的疲乏和精神的紧张都得到了有效的缓解。

下庄人在工地上煮饭吃

　　陶中翠的丈夫去世了，屋里屋外都靠她一个人。由于家里经济紧张，没法交钱抵工，她便主动上山修路。妈妈上山修路后，12岁的儿子顶起了家门，在读书的同时还要带妹妹、煮饭、喂猪。陶中翠在休息之时，站在崖上朝下庄张望，想起没有爹又"没有"妈的儿女，心疼极了，无数次抹眼泪。眼泪归眼泪，心疼归心疼，但她没有被困难吓倒，一直坚持在工地上。

　　杨元柄的丈夫吃了官司，家里只有她一个女人带着几个娃娃。稍稍大一些的大儿子只有十来岁，为了求生活，被儿子的幺爸带出去学厨师。修路只能由杨元柄去，剩下一个姐姐带着两个弟弟，而姐姐也不过11岁。来到工地以后，毛相林考虑到杨元柄是女同志，安排她在工地做饭。工地开工早，杨元柄得在早上4点钟就起来做饭。等到村民们开工以后，她就去背炸药，背一袋炸药能记2.5个工分，上午背2袋，记5个工分。背完炸药以后，杨元柄和张国香一样，还要赶紧到鱼儿溪背水，背水是为了煮饭，同时也为了村民们能清洗。在工地上忙一天，一身尘土被汗水裹在身上，不洗会非常难受，还容易生病。他们清洗身体的水，全是杨元柄等女人背回来的。到了工地，杨元柄不把自己当女人，拼命干活。每次回家取粮食，看见女儿带两个弟弟，心疼得想哭。可是也没有办法，每个家庭都要为修路做贡献，杨元柄家也不能搞特殊。

王先翠也参加修路。他们那一班6个人，唯有她一名女性。她负责煮饭，背水。每天背两次水，天麻麻亮就出发，从鱼儿溪背上去。用塑料壶背，每次背30～40斤水。第二次回来已是太阳落山。水背回去，用来煮饭。男人们修路，满身是灰尘泥土，用水来洗脸洗脚。背水回来时，太阳还没落坡，赶紧煮饭。把参加修路的村民从家里带来的土豆、苞谷、面条等粮食煮成一锅，收工后，大家就在一个锅里吃饭。上山的时候，她30多岁，女儿5岁了，等到修路出来，女儿已经能做家务事了。在这几年里，作为母亲几乎没有管女儿。女儿看见从山上回来的母亲总是怯生生的，想亲热又不敢。

在工地上的妇女最初是单独住在一起的。有一天晚上，毒蛇溜进了两位妇女的铺盖窝。受到惊吓的妇女抓起蛇扔到山下，却再也无法入睡。两人在岩洞里相依而坐，泪水串串滴落。此事后，为了保证安全，毛相林给各个班组提出要求，不论男女，都要睡在一起，这样相互之间才有照应。从这以后，杨元柄、陶中翠、张国香等到工地上的女子都穿着衣服与男性村民一起挤在窝棚里。

除了到工地上参加劳动的女人外，留在家里的女人们也为修路做出了很大贡献，军功章里也有她们的一半。男人们大多数都上山修路，不是一天两天，一去就是数年。虽然抬头就能看见悬挂在绝壁上的工地，却是实实在在不能相聚，是一种能够相互守望的"两地分居"。女人们默默地种田带孩子，成为家庭收入的主要承担者，付出了比没有修路前更多的辛劳，家庭收入却还是实实在在地降低了。

为了修通天路，下庄女人默默地忍受了这一切，撑起了"没有"男人的家。

四、一分钱难倒英雄汉

任何事情都不可能一帆风顺，在悬崖上修路更是如此，总有层出不穷的问题需要由毛相林这个修路总指挥解决。

春节前，毛相林发现县农业局支援修路的炸药、雷管和导火线偶有流失。原因很简单，村民搞建设也需要这些物资。下庄苦寒，平时很难接触到这些物资，修路时需要消耗大量的炸药、雷管，因此就顺手拿了点。

毛相林发现这事以后，内心很焦急：一方面，三材物资都是用来修路的紧缺物资，而且是国家严管的物资，绝对不能私自拿回家，若是不制止这个苗头，以后说不定会出大事；另一方面，村民们砸锅卖铁冒着生命危险来修路，这事稍微处理不好，会严重挫伤村民们的积极性。

他独自下山找到老支书黄会鸿和原乡武装部部长袁华武商量对策。两位老人的意见不谋而合，袁华武道："村看村，户看户，群众看干部，只要坐得正，就能管理好这些物资。毛相林，你能做到一点都不拿这些物资吗？"

毛相林道："我绝对做得到。"

黄会鸿道："既然你做得到，那就召开村民大会，你们村干部带头发誓，绝对不动公家的东西。"

袁华武道："这个办法好，鸡往后面刨，猪朝前面拱，不管啥子办法，只要能够解决问题就是好办法。"

下庄是一个封闭的村庄，古老和现代、愚昧和文明、封闭和开放等种种矛盾都交织在一起，袁华武和黄会鸿提出的处理方式非常质朴，也非常有针对性。毛相林随即与村委会一班人商量，得到了大家的支持。春节后，下庄召开村民大会。在会上，毛相林没有讲大道理，和村两委会一班人走了出来，每人都拿着一炷香。

"苍天在上，黄土在下，上面有了资金扶持，有了物资扶持，我毛矮子贪污了一分一厘，死在公路上丢人现眼。"毛相林把点燃的香举过头顶，跪倒在地，向着施工的方向磕了重重三个响头。

村两委干部也对着工地方向磕头发誓，纷纷说出誓言，"我拿了一两炸药、一根雷管、一寸导火线，天打五雷轰，沟死沟埋，路死路埋。"

在村干部带头下，参加修路的村民们自觉地面对大山跪了下来，对天发誓。磕头发誓是原始的、朴素的，却掷地有声。自此以后，三材物资再也没有流失过。

发誓之后，下庄村的汉子们在毛相林等村社干部带领下，背起简陋工具，再次上山。为了赶工期，多数村民都在工地上奋斗一两个月才下山。

毛相林是支书，是修路带头人和总指挥，得为修路的总体进度负责，操心的事情比一般村民要多得多。春节后，随着公路向前延伸，三材物资消耗得很快，毛相林便和另一个村民前往巫山县城拉炸药。

到达县城时已经是傍晚，两人吃了碗面条后，到县城走了一圈，连最便宜的旅馆都超出了他们的预算。毛相林和村民们砸锅卖铁的钱全部投到了工地上，自己却成了货真价实的"穷光蛋"。为了节约钱，两人在广场上"睡"了一夜，与其说是"睡"，不如说是在广场上坐了一夜。长江河岸的冷风以及来来往往汽车的尾气不断地从两人身边吹过，这对于普通人来说是一件悲苦之事。两人经过绝壁窝棚的锻炼，还真没把这点苦累当回事，坐在广场椅子上，讲些工地上的笑话，时间就一秒一秒地过去了。

天亮之后，两人拉着炸药准备回下庄，还未出城就遇到了纠察队。两个蓬头垢面的村民拉着大量炸药，着实令人生疑，纠察队非常负责，当场扣押了炸药。不管毛相林怎样解释，甚至差点下跪，对方都不肯放行。毛相林没有办法，找到县公安局副局长，说明了情况，这才予以放行。对于毛相林来说，在广场吹了一夜冷风是小事，可是为了修路被纠察队当成坏人对待却着实让他感到委屈。在这一刻，意志坚定、性格刚强的毛相林流下了大颗大颗的眼泪。

同伴陪他落泪，又不停地好言相劝。

毛相林擦去眼泪，自我安慰道："我们要做成这一件十几代先辈都没有做成的事，肯定不会一帆风顺，受点委屈就受点委屈，吃点苦就吃点苦，我们受的委屈和吃的苦，都是为了子孙后代。"

炸药等物资拉到工地，工地顿时有了生气，"轰、轰"的闷响又在山梁间回荡。

工地犹如一只吞金兽，无论多少物资投入工地都显得不够。炸药运回来不久，资金又开始短缺。毛相林实在没有办法，决定下山回家，借用妹妹寄存在妻子那里的3000元钱。在下山路上，他想起在修路时与妹妹发生的争执，内心颇为忐忑。

下庄村在决定修路时，曾经商定：在下庄有承包地的，不管是谁，也不管是否在下庄居住，都要修路，不修路就要给钱，每天20元。

毛相林更是在村民大会上说过狠话："谁不修路，村里就收回他的承包地，迁出他的户口，我毛矮子说到做到。"

修路是下庄人对贫困的反抗

这话说出来以后，村里人就看着毛相林能不能一碗水端平。毛相林的妹妹前几年就搬到县城做生意去了，除了逢年过节，很少回家。毛相林知道当领导必须带头，否则说出去的话就没人听。他特意到县城找到妹妹和妹夫，讲了村里的修路规定。

　　妹夫一口回绝道："我搬出来这么久，又不想回去住，修什么路，我不修。"

　　毛相林道："你不修路可以，那就得出钱。"

　　毛相林妹妹道："我们搬走好久了，凭什么要我们出钱？"

　　毛相林道："不修路，不给钱，那就收回承包地，这是村里的规定。"

　　毛相林妹妹道："承包地收了才好，我好少交农业税和提留统筹。"

　　毛相林和妹妹妹夫关系一向不错，这一次却闹得不欢而散。毛相林犯了倔，回家两天后又来到县城，找到妹妹和妹夫。从毛相林的角度，其实妹妹和妹夫也有些道理，毕竟搬出去多年，修不修路和他们没有关系。从妹妹和妹夫的角度，毛相林的话也有道理，毕竟自己是下庄人，还有承包地，下庄人修路，自己还得做些贡献。第二次见面时，妹妹和妹夫拿出 1000 元钱，对毛相林道："哥，上次是我们不对，虽然很少回下庄，钱还是要给的。"毛相林道："你们的根在下庄，我们把路修好以后，你们要回下庄来修新房子。只要通了路，下庄山清水秀，比城里好。"

　　正是由于毛相林铁面无私，下庄人看到了修路的希望，人心凝聚了起来。

　　有了这一段插曲，毛相林对向妹妹借钱心生忐忑。回到家，他说了借钱的事，向来支持修路的王祥英态度坚决地道："不行，这是妹妹的钱，放在妈这里，我们绝对不能动。"

　　毛相林道："妹妹也是下庄人，她会支持修路的。而且我们只是借，借了要还的。"

　　王祥英眼中掉泪，道："为了修路，每家每户已经借了钱，谁都没有闲钱。娃儿正是用钱的时候，我们家里现在一点都拿不出，遇到事情怎么办。妹妹几年都没有回家，为了修路，你这个当哥的也让她交了 1000 元钱。你一年多没有管家里，收入也没有多少，回来就要拿钱。这个钱不能借，借了还不起，没有办法给妹妹交代。"

毛相林道："不修路，我们住在穷窝，越住越穷。"

最初夫妻俩心平气和地说事，后来争吵了起来。筹不到钱，工地要停工，毛相林急火攻心，吼了几句，还推了妻子一把。结婚十来年，毛相林很少和妻子吵架，更没有动过一根指头。王祥英见丈夫居然推了自己，愣了愣，随即掉了眼泪，与丈夫抓扯起来。

毛相林母亲杨自芝急了眼，抄起细木棍就打儿子，骂道："毛矮子，你还有本事打媳妇，有我在，哪里轮得上你来耍威风。"

毛相林被母亲赶出家门。在门外，他听到妻子的哭声，想起妻子为这个家没日没夜地付出，想起即将停下来的工地，想起在悬崖上苦战的兄弟们，这个如大山一样强硬的汉子默默地蹲在家门口。

杨自芝是村里的老妇女主任，做思想工作有一套，做通儿媳思想工作以后，还是把存折拿给了儿子，道："下庄几辈人都盼着修条路，已经修到这个分儿上，就得修好。等一会儿你给媳妇认个错，男人给自家女人赔个不是，认个错，不是事儿。"

给妻子赔礼道歉后，毛相林没有在家里久留，怀揣存折，又沿着小道爬上山了。

毛相林在山上整整工作了三个月后才再次下山。王祥英正在堂屋切猪草，听到脚步声，抬头看到一个又黑又瘦的人站在面前，"你找谁"差点脱口而出，认出是自己的男人，王祥英眼泪夺眶而出。

修路到 1999 年年初，农业局捐助的"三材"物资用完了，第二批价值 26 万的物资还未运到，村民的捐款也全部用完。村民为了修路已经两次筹款，几乎家家都借有外债，再次捐款已经不现实。不管村民们修路的意志有多么坚强，可是没有炸药、雷管和导火线等基本物资，光靠大锤、钢钎、撮箕是奈何不了高高耸立的峭壁的。而且经过 1998 年整整一年艰苦卓绝的努力，公路已经逐渐逼近鸡冠梁和私钱洞，这是最为险峻的地段，没有大量炸药根本啃不动这个险关，工地即将停工。

毛相林面对缺钱的困境心急如焚。若是筹不到钱，那么工地就要停摆，好不容易聚起的人心便会散掉，再次聚起来谈何容易。他坐在窝棚里，望着山下笼罩在雾气中的村庄，沉思良久，终于下定决心，把担任村主任的杨元国和村会计杨元鼎叫到一起。

"没有钱了，怎么办？"毛相林说话时眉头紧锁。

杨元鼎道："为了修路，我们集资两次，大家底子薄，好多人都是借钱集资。我也到骡坪找姨父借了300元钱。你把妹妹的钱都用了，再集资，大家真拿不出来了。"

杨元国沉吟道："老书记组织大家修上山的小路，修了两年，最后没有修通。如果我们这次停工，下次再修就难上加难。"

毛相林道："工不能停，没钱，我们村干部得想办法。"

杨元鼎是会计，最了解全村家底，愁眉苦脸地道："我们几个有什么办法，杀了放血也不值几个钱。"

毛相林道："我们贷款，用房子抵押。"

杨元国惊了一跳，道："怎么还？还不起，房子被信用社收了，婆娘会跳起八丈高。"

毛相林态度坚决，道："不跟婆娘说，我们悄悄贷款。不修路，我们下庄永远都是穷光蛋，修通了路，有了赚钱门路，还钱就容易。我相信修通了路，绝对还得起贷款。"

三个村干部达成了一致，决定以个人房屋做抵押到信用社贷款。毛相林贷款1万元，杨元国和杨元鼎各贷款5000元。

三个村干部在下庄村是鼎鼎有名的大人物，在竹贤乡信用社工作人员眼里就是衣着破烂的"灰狗子"。工作人员怕他们还不起钱，对其贷款的申请爱理不理，没有好脸色。后来还是乡里找到信用社，他们才以个人名义把贷款办了下来。

有了这2万元救急款，路才得以继续修下去。

五、鏖战私钱洞和鸡冠梁

在最初想修下庄公路的时候，不管是村民还是竹贤乡的领导都认为下庄被峭壁包围，不可能修成公路，如果真能修路，早就修好了。竹贤乡在做乡村交通规划的时候，把下庄排在最后一位，其实也认为下庄公路根本无法修通。有村民和毛相林打赌，道："你能把这条路修通，我就从你胯下穿过。"毛相林回答这名要打赌的村民道："我们俩不赌，我这辈子修不通，我下辈子都要把它修通。"

从鱼儿溪龙水井到下庄村，最险峻的路段是从龙水井到羊角垴这一段，可谓雄关道道、险隘重重。只要修过羊角垴，往下的路便要稍稍容易些。而在龙水井到羊角垴这一段路中的险中之险便是从私钱洞到鸡冠梁这一段。

经过了一年多的艰苦努力，公路修到了最为险峻的鸡冠梁和私钱洞。这条被许多人认为无法打通的天险，如今便横亘在下庄村村民眼前。

鱼儿溪是一条小河，在海拔1000多米的高处环山绕行至私钱洞。据传私钱洞是过去私自造钱的一个岩洞，溪底黑暗阴森，许多地方终年不见天日，仰望山峰犬牙交错，急转迂回，两岸绝壁，天开一线。

私钱洞对面就是鸡冠梁。上望千仞绝壁，下视万丈深渊。孤峰入云，最宽处1米开外，窄不盈尺，形若公鸡头冠，因此得名。由于长年风吹雨打，日光暴晒，岩石风化，搬一块掉一坨，就是崖上的千年古树也摇摇晃晃，随时可能坠崖。

从私钱洞开始，村民们脚下便是高达数百米的悬崖，头顶是几乎垂直的石头山，绝大多数时间都需要腰系长绳，悬空钻炮眼。放一炮，炸出立足之地；然后再用钻机打数米甚至10多米深的炮眼，填足炸药，放大炮。

为了加快进度，充分利用人力，村民们仍然按照一、二、三、四队为

爬山上工地的"大力士"杨亨华

单位分成施工班，多处开工，在悬崖上炸开一处处缺口，形成一个个石礅，步步为营，向前推进。

村民们在施工作业时，身下是数百米高的悬崖，头顶是被放炮震松的山石。而放炮时，岩石乱飞，碰到对面石壁还要反弹回来。如此恶劣的施工环境，危险随时可至。

杨亨华是村医，开有一个药店，平时为下庄村村民治病。他身为四社社长，又是修路的积极支持者，自从上了工地就不下"阵地"，一心扑在修路上，无暇顾及自己开的药店，损失数千元。家里喂的猪染疫，死了两头200多斤的肥猪，妻子带信叫他回去，他却捎信回答说"死了，就扔到崖下去"。气不过的妻子赶到工地找他理论，看见丈夫屁股露在外面，"灰狗子"一个，眼泪汪汪的，只好再三叮嘱"当心，当心一些"，回家后又送来了换洗衣服。他是村里有名的大力士，到骡坪卖猪时，把重达两三百斤的肥猪绑在门板上，一个人背着门板和猪就能爬上有108道拐的小道。上了工地后，他成为工地上的钻炮手，放虹绳打炮眼，只要在悬崖上有了立足之处就手握钻机不松手，一寸寸钻入岩芯。在一次放炮中，炸飞的岩石碰着对面石壁反弹回来，方向突变，如雨点般地向在岩石后面躲炮的杨亨华袭来。杨亨华在悬崖上躲无可躲，只能尽量紧贴石壁。一块石头从他腰间"呼"地划过，背上又重重地挨了一下。飞石落尽后，他发现石头打断了皮带，衣服划破，裤子掉落，巴掌大的伤痕上冒着血珠。

由于这一段的施工条件过于恶劣，头顶山石在没有放炮时都会往下掉落，放炮炸石后更是随时下坠，还有从对面山壁反弹回来的。被石头打到的村民很多，都是轻伤不下火线，重伤治疗三五天，杨亨华、彭仁松等人都是包扎好伤口又上悬崖。

《万州日报》记者深入下庄修路第一线

决定修路前，毛相林和老支书谈过心。老支书最初不同意修路，被毛相林说服以后，说了四条意见：一是要坚持，不能半途而废；二是必须要保证村民的安全；三是光靠下庄人集资是无法修通道路的；四是作为一名村干部，必须要争取上面的支持。毛相林牢牢记住老支书的话，在修路期间，时常琢磨老支书说过的这四条意见。

第一条完全做到。如今村民们意见统一，态度坚决，出钱出人，积极主动。

第二条很难做到。陆续有村民在施工中受伤，有数次若是滚石稍稍偏一点，后果不堪设想。毛相林虽然在每次施工前都千叮咛万嘱咐，反复检查安全设施，但是，他望着高悬于头顶的片状岩石，一颗心一直悬着，根本无法落下来。

第三条有了出其不意的效果。《万州日报》记者侯长青因为其他事情来到竹贤乡，听说下庄人在修路，最初不敢相信，因为他了解下庄地形，认为在四面绝壁上开路是不可思议的事情。后来实地查看后，大为感动，便给社里进行了汇报。另一名记者覃昌年来到下庄以后，站在修路现场，看着险峻的大山、简陋的工具和一身泥水的村民们，眼泪几乎就要夺眶而出，采访后写出长篇通讯《凿天坑》，发表在《三峡都市报》，社会各界开始关注下庄修路。

第四条基本做到。虽然最初他没有同意竹贤乡政府组织人力先修建阮村公路的号召，但是下庄公路开始建设以后，骡坪区委和竹贤乡党委还是给予了大力支持。4月，竹贤乡组织全乡干部到工地慰问。5月，骡坪区委领导同志来到工地，表示要努力争取修路资金。

六、沈庆富壮烈牺牲

最不愿意发生的事情还是在 1999 年 8 月 12 日发生了。

11 日晚上，毛相林、沈庆富等人住在鸡冠梁的临时窝棚里。忙碌了一天，夜晚降临以后，大家终于可以歇一口气。沈庆富只有 26 岁，精力最为旺盛，拿出扑克，提议打扑克。夜晚无事，打扑克可以消遣，让紧绷的神经放松，是村民们在悬崖上最主要的娱乐方式。

毛相林调亮煤油马灯，放在一块平整的石头上。大家围在一起，在险峻的大山中开心地打起扑克，还相约打输的一方明天到竹贤乡去打点酒来办招待。

打完扑克，村民们就在鸡冠梁陡峭的山腰上沉入梦乡，没有谁会想到第二天会出大事。

早上，太阳升起，爆炸声再次响起。毛相林以为这是一个寻常日子，有条不紊地忙着手中的活。这时，沈庆富找了过来，道："毛书记，今天做完，我要请两天假。"

毛相林道："看你羞羞答答的，啥子事嘛？"

沈庆富脸红了起来，道："听说老婆到了骡坪，明天我到骡坪去接她。"

毛相林笑呵呵地道："这是好事啊，你明天去的时候，到鱼儿溪洗一洗，你满身都是灰，别把老婆吓着了。"

修路工程是一个萝卜一个坑，沈庆富要请两天假，必然会影响本工段的进度。为了不影响进度，他和村民易美金一起在鸡冠梁路段撮炸碎的石头。晚上 6 点半左右，头顶传来轰隆声，巨大的岩石从天而降，砸向施工路段。沈庆富被巨石砸中，没有留下只言片语，如树叶一般摔落到山底。易美金也被掉落的石块砸伤，所幸砸中他的石块不大，只是被砸倒在工地，没有被推下数百米的深渊。

　　毛相林、杨元国等人拼命赶往出事工地，探头朝下看，只能看见一堆乱石在山底。从这么高的地方被岩石砸下去，肯定难以幸免。尽管如此，毛相林等人还是冒着生命危险从另一条道艰难下山。来到山底已经天黑，山顶滑坡仍在持续，山石从数百米高处不断滚落，巨大的声音在山谷回响，令人毛骨悚然。

　　站在山谷，借着火光，毛相林看到了摔落谷底的沈庆富。昨天晚上，大家还在一起高高兴兴打扑克，今天就阴阳相隔，毛相林悲从心来，想要到谷底将沈庆富的遗体收拾起来。

　　几个村民拉住毛相林，不让他到谷底。

　　杨元国道："上面还在滚石头，你不能过去。"

　　毛相林指着谷底，悲痛地道："沈庆富在那边。"

鸡冠梁，修路英雄沈庆富就是在此不慎跌下悬崖的

沈庆富妻儿

　　另一个村民劝道："现在过去太危险，等滑坡停了才能去。"

　　在众村民的劝阻下，毛相林停了下来。

　　夜渐渐深了，村民们没有离开，就在一侧山脚生起一堆火，默默地守候着已经牺牲的沈庆富。滑坡持续了整个晚上，天亮时分才平息。村民们找来木板，把摔得变形的沈庆富抬到木板上。沈庆富是刚满26岁的身强力壮的年轻人，放到木板上整个人都短了一截，不成形状。毛相林整晚都在强作镇静，但是看到门板上的沈庆富，泪水终于忍不住了，一颗颗地滚落下来，打湿了衣襟。

　　沈庆富是骡坪镇沙坪村人，家中老三，1995年来到下庄生活，是"上门女婿"。修路开始以后，妻子外出打工赚钱，他就上山修路。原本夫妻要在今天相见，谁知沈庆富却永远地倒在了工地上，丢下了半年未见面的妻子和3岁的儿子，成为下庄为修路牺牲的第一人。

　　沈庆富家人不敢将其牺牲的消息告诉其老母亲，只说受伤。老母亲拿着鸡蛋、白糖就要前往从来没有去过的下庄看望她的幺儿。老母亲原本不敢走下庄的那条羊肠小道，看望儿子的心情让她战胜了恐惧，花了三个多小时从山顶来到下庄。这一路上，她总觉得不对劲，心里莫名慌张。来到村里，老远就听到哀乐，随后又看到棺材。老母亲明白了一切，扑向棺材，哀号一声，昏了过去。

下葬当天，竹贤乡党政领导和村民们一起为沈庆富送行，沈庆富的岳父、妻子和儿子痛哭流涕，村民们闻之莫不潸然泪下。

竹贤乡乡长曹栩神情沉重地道："毛支书，路还能修吗？"

毛相林神情坚毅，道："如果不修了，沈庆富就白死了。到了这个地步，怕有什么用，生死由命，富贵在天。"

话虽然说得很硬，毛相林心中却格外难过。他是土生土长的下庄人，熟悉每一个村民，沈庆富的牺牲让其心如刀绞。作为村支书，他又不能让自己过于悲痛，还得鼓励大家，尽量不让此事伤了修路的士气，所有痛苦都深埋于他的内心。

随后，毛相林和杨元国来到乡卫生院，看望受伤的易美金。易美金见到毛相林和杨元国，没有叫苦喊疼，道："我躺在这儿不习惯，给我一服药酒回去揉一揉，吃点药就行了。"

毛相林坐在床边，道："石头偏一点就砸到你，你怕不怕，路还修不修？"

易美金很豁达，将生死看得很淡："我们在这样的地方修路，无异于从老虎嘴里拔牙，从阎王爷肚里掏心，玩的就是这条命。我不怕，还要修。我拿点药就上工地。"

毛相林虎着脸，道："伤没好，来了也没用，就在卫生院养伤，好了才准来。"

易美金的态度也是多数下庄人的态度，毛相林再次坚定了修路的信心。

七、灵柩前竖起如林的手臂

村民们坚持在绝壁中战天斗地，下庄天路顽强地向前推进，修路初期的激情演化成看淡生死的坚忍，没有人退缩，没有人抱怨。

下庄公路整个线路是按照土专家邓顺权划定的路线在修，村民们越修越觉得沈庆富参加修建的那一段路根本无法与私钱洞穿过来的公路连接。如果强行连接起来，由于坡度太陡也无法通行。当初勘测时没有现代测量工具，多数路段都是在悬崖之上，无法实地勘测，所以，毛相林陪着邓顺权爬到对面山梁上，根据山势确定路线。这种方法测出来的路线自然非常粗糙，精度不够，在实践中就出了大问题。

经过反复确认，毛相林等修路人无奈承认，这条路修错了。这是牺牲了沈庆富才打通的600多米路段，是从坚硬的悬崖中用鲜血、汗水和生命开出来的600多米。由于线路出错，不得不废掉。毛相林在最终做出废掉这一段公路的决定以后，村民们满脸沮丧，灰心丧气。毛相林同样沮丧，作为村支书，却不能将沮丧表现出来。他默默地蹲在地上吸了一根烟，站起来后，道："大家别哭丧着脸，没有什么大不了。我去找交通局，请他们帮我们测量，测量完了，继续修。"

下庄人战天斗地的豪情和不畏艰险的精神震动和感动了四方。

县交通局派出最好的专业技术人员，带着现代测量工具来到下庄，帮助下庄重新测量公路路线。经过测量，县交通局专业技术人员重新规划了新线路，新线路在废掉的600米路段的上方90米处，通过延长路线来降低坡度。

新线路规划出来以后，毛相林还是按照一、二、三、四段将新线路分成四个工段，各工段将责任区划到每个人，同时开工。

　　9月28日，根据万州移民开发区党工委宣传部的统一部署，《万州日报》、《三峡都市报》、万州杂志社、万州电视台四家媒体派出6位记者，在宣传部新闻科长的带领下，一行7人奔赴下庄，进行立体式采访。

　　9月29日下午4点左右，几名记者来到下庄路最为险要的私钱洞与鸡冠梁之间，遇见一名头戴安全帽的中年汉子头顶岩石，手持钻机，猫着腰全神贯注地钻炮凿石。趁这位中年人放下钻机抽烟的间隙，记者与他聊了起来：

　　"你们为什么要修这条路？"

　　"脱贫致富嘛！其实修这条路，我们这代人也享受不到什么，主要是为子孙后代造点福！"中年汉子抽了口烟，漫不经心地回答。

　　他穿着破烂的衣裤，一头须发被钻机溅起的粉尘染成了灰白，记者调侃他道："你这个样子如果是当演员，上台扮演80岁的老汉就不用化妆了！"

　　他自嘲道："你们干脆说我像个灰狗儿还好些？"

　　"你们下庄蛮封闭是不是？"

"不瞒你们说，像个岛一样。"他边说边用手指向云里雾里的下庄村。

中年汉子的形象及其与记者的简短对话已被在场的新闻记者摄录入镜头之中。这位汉子便是黄会元。他已经举家搬到了湖北京山县，接到毛相林"村里要修路"的电话后，不顾妻子反对，二话没说当即回到老家，还借钱买了一台凿岩机，参加到筑路队伍之中。

10月1日上午10点，黄会元与村会计杨元鼎商量了一会儿，准备打一个大炮，将寨子垮的那一壁岩石炸下来。岩石太坚硬，黄会元刚钻了不到半米，凿岩机便钻不动了，正准备换工具，一块巨石落下。黄会元来不及喊出一声，就被巨石推下了数百米的山沟，无声无息地消失在工地，只留下一点血迹在工地上。

记者侯长青正在附近，眼睁睁地看着巨石裹着黄会元坠向深渊，震惊得无法动弹。从私钱洞工段到谷底垂直距离有几百米，摔下去绝无生还可能。他从鸡冠梁朝下望，只能隐约看到一顶黄色安全帽。

另一个记者覃昌年正在四队工段，四队队长杨亨华听到云雾间传来的呼喊："黄会元失格（出事）了。"他拢起双手朝云雾中喊："啷个了嘛？"

村民整理黄会元遗体

云雾间答道："从私钱洞摔到沟里。"从如此高的地方摔下，是块铁都会摔碎，所有人心里都冒出一股寒气。杨亨华丢掉手里的工具，撒腿就朝私钱洞方向跑去，越来越多的工人跟着朝出事点跑去。

私钱洞，与黄会元同一个工段的二社社长袁孝恩等6名村民齐刷刷地朝着悬崖跪了下来，赤裸上身的汉子们眼里满是泪水，却没有掉落下来。他们手持平常点炮用的香，朝着黄会元坠落的方向一起跪下，黝黑的脸上写满悲壮和坚毅。

另一个工段上的毛相林得知此噩耗，双腿发软，扶着岩壁，这才没有坐下去。他承担着其他村民没有的心理重负，喃喃自语："黄会元是我打电话叫回来的，如果我不叫他回来，他就不会死。"

强烈的愧疚和自责让毛相林在瞬间产生了放弃修路的想法。但他随即坚强起来，没有在众人面前显示出内心的犹豫和软弱，带着村民们下山寻找黄会元遗体。

村民们在乱石间找到黄会元遗体，用红毯子裹住。毛相林站起身来，再次环顾乱石堆，发现石头间有点异样。他查看以后，便跪在地上，小心翼翼地捧起黄会元掉落在地的脑组织放回遗体里。

正在现场采访的记者黎延奎听到消息后赶到出事的山谷。在他预想中，出了事，现场应该很混乱。他来到山谷后，发现整个现场非常平静，村民们站在山崖下，没有哭泣，没有叫喊，默默地守在同伴遗体前面。村民们回答记者询问的整个过程，语气平静，这给了记者错觉，认为下庄人太麻木。后来他才明白，这不是麻木，村民们是把悲伤深埋在心底，对修路的代价有思想准备，而且在极端恶劣环境下对生死有一种特别的超然。他们不止一人说过："宁愿牺牲一代人，也要为子孙修通这条路。"这不是一句大话，而是他们准备用生命实践的诺言。

抬着黄会元遗体回到村里这一路，毛相林百感交集，万般滋味涌上心头。黄会元的父亲黄益坤育有4个女儿、3个儿子，平时信奉"棍棒之下出孝子，黄荆条下出好人"，脾气急躁，儿女做了错事往往就是劈头盖脸一阵打。

黄会元灵前高举的手臂

　　毛相林抬着木板走在最前面，做好了挨打挨骂的心理准备：不管黄益坤如何打骂，他都要打不还手，骂不还口。

　　黄益坤黑着脸站在门口，面对抬着木板的毛相林，没有骂，更没有打，语调沉重地道："谢谢你们把黄会元找回来了。"毛相林完全没有料到黄益坤会说出这样一句话，控制不了感情，如小孩一般"哇"地哭了出来。

　　黄益坤慢慢来到木板前，望着儿子，喃喃自语道："不用买料了，就让幺儿用我的料。"

　　当晚，全村村民每一家凑了点钱粮，在黄家地坝为逝者守夜。黄会元平静地睡在父亲原本为自己准备的棺木里，旁边围着妻子儿女。老父亲黄益坤大悲无泪，道："修这么悬的路，不死人是不可能的。我觉得，我儿死得值得、死得光荣。"

　　路，是毛相林提议修的；黄会元，是毛相林叫回来修路的；继续修下去，还会不会死人？此时此刻，毛相林面临巨大的压力，心怀自责，有些无法承受。他站在黄会元灵柩前，抬头看着头顶那被绝壁圈出来的星空，用嘶哑的嗓音大声对全体村民说道："我们下庄这个路如果再修下去，可能

还要死人。今天大家表个态，这路到底修还是不修。"

黄益坤第一个站出来，高举着手说道："我们这个地方这么苦寒，我们是数十代的人，受了这么多年的辛苦，我还是愿望、期望广大群众，哪怕我儿子黄会元死了，还是要努力一把，只增一把火，我们公路就修通了，就摆脱这个贫困了。"

"修！"全体村民没有丝毫犹豫，举起了握紧的拳头。四周绝壁环绕，天上繁星点点，天坑底部，300多人围着一口棺材，高高举起手臂。众人喊出来的"修"字汇合在一起，在四周绝壁间久久回荡。

毛相林性格坚强，再苦再累都不喊不叫，但是，在修路以后哭过数次。今天看到竖立如林的手臂和男男女女、大大小小的村民们坚定的神情，泪水又唰唰地往下流。这一刻，他暗自发誓："我毛矮子对天发誓，一定要将路修通，不修通不罢休。"

白发人送黑发人，这是人生一大悲，黄益坤这个平时对儿女严厉的父亲自从幺儿牺牲以后就滴水不进，夜不能寐。

黄会元下葬以后，黄益坤抑制住悲伤，对记者讲述道："我们这个公路是村里自己要修的，从老辈人开始，几十代人都走这条路，爬这个岩。现在有共产党领导，才能修这条路。儿子死了，不是说我不心痛，心痛又有什么用，他又活不过来。在我儿没有死之前，我不敢说这句话，修这么险的路，死一两个人有什么稀奇。毛主席说过，死人的事情是经常发生的，人固有一死，或重于泰山，或轻于鸿毛，我儿子死了，他死得光荣，他的死总可为下庄造点福。"

这一段话全是黄益坤的心里话，他几乎是脱口而出的，闻者无不动容。

在修路时，下庄有个自发的、不成文的规定，若谁因修路受伤无法投劳，家里其他人就得将这个劳动力顶上。第二天，村民们安葬了黄会元，又上了工地。只是修路的队伍中多了一个女人——黄会元的妻子杨自慧。

1999年10月2日下午，下庄村召开了特别村民代表大会，共有25名村社代表参会。会议在村会计杨元鼎家的院坝召开，毛相林提出会议的主题：沈庆富和黄会元两家的修路任务是否免除。

按照村两委以前制订的规则：由于修路的钱是大家集资的，钱少，根

村民们安葬黄会元

本没有办法请人来修路，所以每家都要集资，每家都要出一个人，这是村里的义务工，为村里修路尽义务。如果家里实在没有劳动力，那就要出钱，一天 20 元。谁都不能特殊，只要特殊，事情就搞不成。

沈庆富和黄会元相继牺牲以后，两家人是否免除修路，必须由特别村民代表大会决定。

村民代表陈正凯最先发言，道："肯定要免，人家为修路而死，死得光荣，子子孙孙都要记得他们，如果还给他们家分任务，那是昧了良心。"

陈正凯的发言赢得了众人共鸣，大家纷纷发表意见同意免除两家人的修路任务。在最后举手表决中，与会的 25 个村民代表一致同意免除两家人的修路任务。

表决刚结束，四社社长杨亨华提出另外一件事："村里其他困难户免谈，开不得口子。但是，我认为村小的王先平和张泽燕老师的任务应该要免，他们家中有困难，教了书，就不能修路。修了路，就没法教书。"

有村民代表算了账，两位老师加上先免的两家，其任务要摊到其他人身上，担子不轻。会场出现了短暂的沉默。

老支书黄会鸿发言道："下庄人拼命修路是为什么，就是为了摆脱贫困。修了路就摆脱贫困，我看不一定。下庄这些年出去打工的为什么找不到好工作，还不是因为没有文化缺少知识。养儿不读书，不如喂头猪。我们这群人困在下庄，都没有读完初中，吃尽了苦头，不能再让后辈也吃这个苦。两个老师的任务要免，还要给当妈的打招呼，要让娃儿读书。"

老支书的话入情入理，讲的是大道理，说的是家常话。与会代表再次举手，一致同意免去下庄村小王先平和张泽燕两位老师的修路任务。

村民代表形成共识：老师修路就不能教书，小孩就要失学。下庄人修路是为了摆脱贫困，光有路不行，孩子们还得有知识。

八、五个孩子误服老鼠药

对于下庄来说，1999 年是很难忘记的一年。在这一年里，沈庆富和黄会元两位村民先后牺牲在下庄修路工地上。下庄村村民战天斗地的英雄事迹和不屈不挠的奋斗精神感动了千千万万人民群众，社会各界都向他们伸出了援助之手。

从 1999 年第二季度开始，《万州日报》相继推出长篇通讯《凿天坑》《下庄人，用生命挑战悬崖》等系列长篇通讯，9 月 27 日，《万州日报》派了 7 名记者前往下庄进行采访，也就是在这次采访过程中，记者们亲眼看见了黄会元坠崖牺牲的全过程。他们拍摄了 1400 多张鲜活的新闻图片，这些图片汇集成了大型系列新闻图片展"下庄人"，系列新闻报道和大型图片展在社会上引起了强烈反响。

大型系列新闻图片展"下庄人"在重庆人民广场举办

竹贤乡党委号召全乡干部学下庄，骡坪区委决定全区干部学下庄。随后，巫山县委召开常委会，决定号召全县干部群众学习下庄精神。

市交通局拨款 10 万元，县交通局拨款 10 万元，县武装部资助 300 公斤炸药。各地群众纷纷捐款，总金额达到 23 万元。大型系列新闻图片展"下庄人"在巫山展出时，一名丝厂下岗工人买了几十双胶鞋捐给下庄。下庄修路的资金压力得到了缓解。

毛相林带领村民们苦干一年，终于打通了最为险峻的私钱洞和鸡冠梁路段。

1999 年腊月二十七早上，睡在偏岩下面的毛相林睁开眼睛。一场大雪已经覆盖了远近山峰，雪花飘进偏岩，落在熟睡的村民身上，给村民们盖上了一床薄薄的雪花被。这一瞬间，在悬崖绝壁上整整奋斗了两年的毛相林感到了劳累，也为悬崖上的好兄弟好姐妹们感到了阵阵心酸。望着天空，他想起了沈庆富和黄会元，默默地抹起了眼泪，又望着悬崖下的下庄村，回家的渴望变得格外强烈。

当时在工地上的村民还有近百人，毛相林把大家召集起来，道："修了一年路，大家辛苦了，今天就不修了，回家过年。"

有村民道："我们还修两天，修到腊月三十。"

毛相林坚持道："今年不修了，叫花子还有三天过年。过了年我们再来修，现在都回。"

村民们这才不再坚持，下山过年。

这一年，性格坚强的毛相林修路的决心多次动摇，怀疑这样苦干值不值，也不知道能不能最终把路修好，还对沈庆富和黄元会的家属特别愧疚。如果不修路，他们两人肯定不会死在工地上，特别是黄会元，他当时在湖北，若不是自己给他打电话，他不会回家乡修路，也就不会出事。作为村支书，毛相林和往常一样，依然把所有不利于修路的情绪都埋在心里，紧咬牙关，带领全村男女继续埋头苦干。

2000年，随着修路时间的增加，伤亡人数也增多，家庭收入持续减少，修路村民异常疲惫，消极情绪开始在村里蔓延。毛相林内心充满矛盾，若选择继续修路，还会不会死人？若选择退缩，下庄势必又将回到在等待中煎熬的原点，前两年的辛苦和牺牲就白白浪费了，下庄必将成为被时代抛弃的村庄。

这时，村里发生了一件事。

村里5个孩子误食老鼠药，要到山外的骡坪去背药回来救命。以前，从下庄沿羊肠小道往返一次至少要大半天，娃儿多半没得救。这时，从乡政府到鸡冠梁的毛坯路已经打通了，村医杨亨华往返节约了三四个小时，及时拿回了救命药，5个孩子全部得救。

这件事是一支强心针，毛相林看到公路修通的巨大价值，再次坚定了修路的决心。村两委开会达成坚定修路决心的共识以后，毛相林召集了村民大会，准备通过这次大会彻底解决大家的思想问题。

开会以后，毛相林没有讲大话，更没有批评消极情绪比较严重的家庭，而是讲起了曾经发生在下庄的真实故事。

"这一次5个娃儿误食了老鼠药，杨亨华从毛坯路去骡坪，来回缩短了好几个小时，把药拿了回来，救活了5个娃儿。娃儿是爸妈的心头肉，我得知5个娃儿吃了老鼠药的消息时，腿软得站不住。杨亨华出发拿药时，我搬了根板凳坐在门口等他回来，等待中，沈红清的事就在我面前晃来晃去。"

毛相林提起沈红清的名字，开会的村民们不约而同地敛去了笑容。

那是早年的一起旧事。沈红清是外地人，嫁给下庄杨亨金。下庄虽然被困在井底，可是井底水土好，种什么长什么，只要夫妻勤劳，饿不死人，日子还过得下去。正因为此，沈红清不顾家人反对，嫁到了下庄。夫妻俩生育了 3 个孩子，小日子比起井外还算好。可天有不测风云，有一次 10 岁的大儿子发高烧，村医打针后，烧怎么也退不下去。眼见儿子越来越烫，杨亨金把儿子绑在身上，连夜冒雨攀爬小道去乡卫生院。小路湿滑，稍不留意就会掉入万丈深渊。沈红清自从嫁入下庄就再也没有出去过，这次深夜攀爬小道上山，她吓得很惨。

到了乡卫生院，输了一天液，大儿子才退烧。

下庄田土有产出，由于山高路陡，物产卖不出去，村民们能吃饱饭，但家家都缺现金。杨亨金和沈红清在乡里舍不得花钱，饿了一天。沈红清回下庄走羊肠小道时，连累带饿，已经没有了力气，下山时几乎是坐在地上往下滑，回到家中，裤子屁股的位置被磨出两个大洞。

夫妻两为了给大儿子治病，走得急，把两个小娃娃留在家里。他们住得比较偏，村民们听不到小娃娃的哭声，也就无人过来照顾。夫妻两回家时天已经黑了，两个孩子挂着鼻涕啃着生红苕，嗓子已经哭哑。沈红清见状哭了起来，越哭越心酸，想到以后遇到类似的事情就觉得日子太艰难，觉得嫁到交通如此不便的下庄是个错误的决定，心有怨气，便和丈夫吵了起来。吵架后，杨亨金没有注意到妻子的情绪变化，和往常一样担起水桶去挑水。又累又饿的沈红清情绪失控，一时想不开，就在家里喝了农药。

毛相林得知出事以后，找来两个青壮年，抬起沈红清，攀爬小道前往竹贤乡医院。毛相林拿手电筒在前面带路。走到半途，两个青年发现越抬越重，急忙叫住毛相林。毛相林过来查看，沈红清已经没有了气息。

这是发生在下庄的惨事，在场村民都还记得清清楚楚。毛相林讲了往事，再回到 5 个孩子误食之事，道："如果没有修通毛坯路，你们说，这几个娃儿是啥子后果？"

他点了几个情绪相对比较消极的人家，这些人家此刻真心实意地觉得应该修路。

最后，毛相林给大家鼓劲："为了孩子们，为了子孙后代，这路，必须修下去。无论付出什么代价，我们都得修下去。不修好路，决不收兵。"

村民们修路的热情再度被点燃。

九、数代人的梦想今朝成现实

　　下庄修路的事迹被广泛报道以后，得到了各方支援，经济压力大大缓解。下庄人把获得的捐款全部用在修路上，绝不允许挪用。

　　经济压力减少后，下庄缺劳动力的问题又凸显了出来。全村不足 400人，能抽出来常年修路的壮劳力不足百人，修通了最艰难的 3.5 公里以后，还有接近四五公里才能修到村里。后面几公里虽然不如私钱洞和鸡冠梁险峻，但仍然是在悬崖之上施工，大型机械难以入场。村里要修完剩下的路段，仅靠本村劳动力，少则五六年，多则七八年。为了加快工程进度，早日通路，经过村两委商量，决定请外地施工队进场施工，以解决本村

拓宽后的下庄路

劳动力严重不足的问题。

外地施工队进场，并不意味着本地村民不再修路，本地村民依然以队为单位，各自分得一些路段，与外地施工队同时施工，以加快进度。施工过程中，先后有4名施工工人倒在了工作岗位上，28岁的刘从根牺牲在大石柱，30岁的向英雄牺牲在羊角垴反背，40岁的刘广周也牺牲在羊角垴反背，42岁的吴文正牺牲在樟树沟。

2004年4月，下庄绝壁上的天路终于全线贯通。

县里和乡里都来了人，在噼里啪啦喜庆的鞭炮声中，几辆越野车沿着这条绝壁上的机耕道开进下庄。毛相林哭了，村民们也哭了。

村里很多老人没有见过汽车，见到开进村里的越野车，纷纷问："那是什么？"

毛相林经历了修路的所有艰辛，见到汽车后，这位坚强的汉子泪如雨下，答道："那就是汽车。只要有公路，我们就可以坐在里面，走出大山。"

老人问："这个东西能装好重？"

硬化中的下庄天路

硬化后的下庄天路

　　毛相林的眼泪依然在流淌，道："几千斤。"

　　老人问："啊，这么重，以后可以拉煤炭进来烧，不用我们爬山砍柴了。"

　　毛相林道："当然可以，外面的煤炭、机器都可以拉进来，我们喂的猪、牛也可以拉出去。"

　　老人问："这个东西到骡坪要好久？"

　　毛相林道："到骡坪只有半个小时，到县城也就只要一个半小时。"

　　这个时间超过了老人的认识范围，他半张着嘴巴，"啊"了好几声，一脸不敢置信的表情，道："那我就可以到重庆、成都去耍了？"

　　"只要身体好，走好远都行。"毛相林说到这里，擦干眼泪，终于笑了起来。

　　从1997年开始，7年时间，参加修路的总共有108名村民，前后牺牲了6人，总共修通了8公里的公路。虽然此刻的公路还是泥结石路面，但是下庄与新时代的血脉已经彻底打通，这条如飘带一样挂在悬崖

下庄人事迹陈列室

上的公路成为下庄脱贫致富的希望之路。

2015年，竹贤乡的公路硬化到了天坑顶端的鱼儿溪。毛相林多次去乡里、县城申请把这条路硬化到下庄。在公路没有硬化之前，他又带领曾经参与修路的24位村民，对绝壁天路的80多处堡坎、路基进行翻新加固，同时沿路掏水沟、撒碎石，将2米多宽的机耕道变成了3米多宽的碎石路。

2017年7月，在县委县政府的支持下，下庄道路提档升级，硬化固定路面，加装护栏，绝壁天路变身"四好农村路"。

2018年，有人提议建一个纪念馆，把下庄人修路的故事记录下来，让用生命和鲜血铸就的不甘落后、不等不靠、不畏艰险、不怕牺牲的下庄精神激励一代又一代的下庄人。

2019年，在上级的支持下，下庄人事迹陈列室在村口落成。

（本章撰写：张兵）

第三章
脱贫之路

民亦劳止，汔可小康（《诗经·大雅·民老》）。
诗句表达了祖先对丰衣足食的向往。这朴素的
愿望，追寻数千年。

—— 题记

一、脱贫致富的路又在哪里

下庄村整个村子被"锁"在由喀斯特地貌形成的巨大天坑之中，与世隔绝。下庄人人均土地一亩多，仅算留守人口，人均两三亩。虽然土地不多，但是土质好，落地成粮。下庄人靠红苕、洋芋、苞谷维持生活，户户有存粮，从来没有人被饿死。

人吃不完的就拿来喂猪，每家喂好几头猪。可是猪越肥村民越愁，村民直呼"你哪个长恁个快哟，卖又卖不脱"。下庄人以前进出村得走108道拐的羊肠小道，好体力的精壮男子空手走尚且吃力，除了大力士杨亨华

下庄人喂的肥猪

以外没人能把整条猪背出去。若要背出去卖，就得分割成若干块，分几次一块块地背。除去力资，一头猪卖不了几个钱。

2004 年前的下庄村，被困"井"底，与世隔绝，不缺吃，收入少。衣服疤补疤，从冬到夏都穿那件。过年节，"走人户"没衣服穿，找那些出去打工的人借衣服穿。打工的人在外挣了点钱，日子稍微好过一些。借衣服的村民穿新衣美美"走人户"，回来后脱下洗干净，晒干，叠整齐，再还给人家。还的时候说声谢谢，对方笑眯眯说不打紧，以后又来借。

那时日子穷得叮当响，没有垫絮，一年四季盖一床薄棉被。有的老人从生下来直到 80 多岁，一辈子没睡过毯子，合着一床席子睡到老死。那时没有鞋子穿。男人出去做活路，用粽叶包脚，打双草鞋穿脚上。男人没钱买香烟，抽土烟和 8 分钱一包的经济烟。

常年爬坡上坎，男人从小路爬到井底，到竹贤乡场和骡坪镇等地买回盐巴和其他生活日用品，练得一身好力气和敏捷身手。女人身背背篼爬坡上坎，练出窈窕好身段。

大山苍茫无语，为下庄人守护这片赖以生存的土地。

从隔壁院子回来，毛相林坐在自家院子里，点根烟，看着远山。对面农家的屋顶炊烟袅袅，暖暖的，他的心也跟着暖起来。炊烟上蹿，还没升到云天，甚至没有升到半山腰，倏然间消失。下庄的山，说有多高就有多高，高得连乌鸦都飞不过去。

那条叫胖子的大白狗懒懒地躺在路上。乌鸦、喜鹊飞过，林中鸟鸣、鸡叫，村民陆续从田地收工回屋，夕阳从西面山顶落下去，金色余晖从山间缝隙处透进来，照射到南面山腰上。下庄四周群山连绵，连垭口都找不到。

下庄的天气瞬息万变，刚才霞光阵阵，山色浸染，一阵山风起，便下起星点小雨，雨点打在屋顶及树叶上，飘在路面上，风声雨声在对面绝壁上回响。没看见太阳落坡——这里本没得坡——天就黑下来了。

男人女人们在忙完以后，喜欢抄着手在公路上悠闲地走着，坐在凳子上闲聊。孩子们天真地在公路上跑，撒欢，立倒桩。下庄很少有外人来，一旦来了外人，大白狗胖子总会摇起尾巴。下庄人热情相待，把椅子搬出来，招呼客人坐。家里有好吃的，如核桃、柑橘、南瓜子，都拿出来招待客人。

数百年来，下庄人在贫寒中度日，满足而和谐。毛相林却不满足

下庄人从地里收工

于这样的贫苦日子，胸中藏着一团火，总是在想："路修通了，我们为什么还不能脱贫？"

凶险的山势地形把鲜活的生命禁锢在山底，下庄人仿佛被世界遗忘了，被时代遗弃了。山里的水果成熟了却运不出去，只能烂在地里；大量的药材无法销售出去，只能用来烧火；成群的猪羊赶不出山。山外的东西运不进来，物资匮乏。没钱买穿的用的，没钱称盐打油。家电家私，听都没听说过，更是没见过。

2004年路修通以后，犹如一道大门打开。曾经吃不完但又换不来钱的粮食、蔬菜、水果到山外成了稀罕物，受到乡镇集市的欢迎，也给村民带来了收入。但是这些零星收入毕竟有限，没有形成产业，村民富不起来，依然贫穷。因为贫穷，老百姓的日子不好过。特别是其他村逐渐富裕起来，下庄还是穷，毛相林心里很不是滋味。

毛相林焦灼不安，时刻想着脱贫致富的办法。无数次，他从山外回来后，坐在鸡冠梁上，点一杆烟。一道山梁神似鸡冠，鸡脖子处正是下庄人

靠柴生火以维系生活的下庄人

从绝壁上凿出的路。这条血肉筑成的路永远留在下庄人的记忆中，印刻在他心中。

修路已成过去，未来的路是什么样呢？

对面小山峰是回龙观，毛相林从小听老人们讲五条龙的故事。五条龙结拜为五兄弟，他们不甘心长期盘踞下庄井底，想冲出水井，飞上大山巅峰，突围出去。于是笑天龙带领其他龙，想从宽两丈，高千米，长三百米的一线天冲出去，终因层层悬崖陡峰挡道，冲不出去，只好长叹一声，回头从悬崖突围。笑天龙震怒天庭，被打掉尾巴，化作岩石立于巅峰，其他龙只好回头陪着笑天龙。人们为了供奉几条龙，在龙回头的山腰修了一座庙。

"我不信致富比修路还难！"

毛相林望着峭壁上的公路，总是想起以前修路的事。他相信龙的传人以龙的精神修路，修得成路，也脱得了贫，致得了富。他有信心，可是光有信心不行，还得有脱贫致富的具体办法。当前下庄最大的问题是走不出自耕自食的传统农业经济，找不到增加收入的致富门路。

下庄，这个山清水秀、土地肥沃的山谷之地，究竟搞什么产业才能让下庄脱贫致富？其实这个问题是久未解决的老问题，并非突然产生，毛相林曾经有过两次产业失败的教训。

那是 20 世纪 80 年代，毛相林还是大队长，看到邻村种高山漆树赚了钱，他心动了。

在竹贤乡东边，紧邻朝阳坪有个药材村，那里背靠湖北省神农架，地势高峻，气候寒冷，盛产黄连、当归、独活、天麻等中药材，也产漆树。

毛相林带领村民肩背背篓，手拿锄头，到药材村挖小树苗，每人一次背 100 多棵小树苗回来，先后移栽了 2 万棵羊羔大木漆到下庄的土地上。待漆树长到大拇指粗后，移栽到田坎，能长到 4 米多高。

从漆树上割下来的漆用来做涂料，刷家具不容易坏。每棵漆树可割一斤多漆，每斤可卖 100 多元。若是漆树成活了，每年割一次，这笔账算下来，2 万棵漆树年收入可达 200 多万元，这笔可观的经济收入十分诱人。

被贫穷困扰的下庄人想都不敢想，栽漆树竟然可以赚大钱，毛相林沉浸在为村民带来经济效益的喜悦中。

谁曾想下庄属于低山，温度高，漆树遇高温承受不住，当年夏天树全部热死了。

说起这段往事，毛相林唏嘘不已。忆起当年上山种漆树的老人，有的已不在人世了，但毛相林心里还想着他们。

种漆树不行，又琢磨种烤烟。2005年下庄一、二社与三、四社（即老下庄）合并，时任村支书的毛相林当选为新下庄村村主任。一、二社靠烤烟富裕起来，老下庄三、四社依然如故，毛相林不甘心。

毛相林到巫山学习回来，走到岩子口，与往常一样，他坐下来，俯瞰脚下这片熟悉的热土。他从包里摸出烟，点燃，咂吧两口。

烟雾弥漫，升腾，透过烟雾，他心思又转到了如何带领村民致富上。公路已经修通，可下庄还是穷。他绞尽脑汁想了许多办法，动员村里富余劳动力外出打工，整点外水（固定收入以外的收入）拿回家用，可这点钱还是不够呀。说是说把富余劳动力派出去，而家乡要建设，每个家庭要照顾，也得有更多的劳动力，派劳动力出去打工，这也不是长久的办法。

一、二社种植烤烟赚了钱，日子过得殷实，三、四社祖辈沿袭靠种红苕、洋芋、苞谷"三大坨"生活，收入低，生活贫困，还在温饱线上挣扎。

过去坑外的姑娘嫁进村，本村的姑娘不愿嫁出去，谁家娶媳妇，喜宴办得那叫热闹，惹得邻村的村民都眼热。过去每个村路都不通，下庄相对富足。如今差距拉开了，邻村交通便利，脱贫致富的产业发展搞出自身特点，本村的人往外跑，本村的姑娘则往外嫁。

毛相林组织三、四社村民向一、二社学习种烤烟，准备通过种烤烟致富。很快，村里把烤烟种植了起来，烟叶颜色纯正，烟苗长势喜人。他心有余悸，这回不会扯拐（出问题）吧？可老天还是在跟下庄人开玩笑，下庄气温和湿度都高，烟叶回潮后，变成一把粉末。

下庄一、二社的海拔1600米，种烤烟有天时之便。下庄三、四社最低只有278米，只得望烟兴叹。

随后，又尝试种植桑树养蚕。桑树长得葱郁，蚕宝宝也长得肥胖，几个月来，因无电，气温高，蚕宝宝患上蚕脓病，全被倒掉。

难不成没有路吗？难不成下庄就该受穷吗？问苍穹，毛相林湿了眼。

二、峰回路转柑橘梦

种柑橘，是毛相林带领村民们一次漂亮的突破。

如今家家户户都种柑橘，每年每户过年季节，都能卖出好价钱。村民手头有了票子，荷包鼓了起来，毛相林从心里感到高兴。

种柑橘并非一帆风顺，历经艰辛，才终于换来红黄橙绿，瓜果满园。

2012 年的那天傍晚，村里开院坝会。凡是开全村参加的院坝会，必然会有事关每家人的大事要发生。夜色沉沉，微黄的灯光照着村民们的脸，大家安静又有些许兴奋。

毛相林拉开话题，问道："我们下庄村种啥子能卖得到钱？以前种过西瓜，大家尝到甜头，但是种西瓜季节短，价钱不高，光靠种西瓜只能找

成片的柑橘产业

点闲钱,不能彻底脱贫致富。下庄要发展,需要在种西瓜的同时找到更长久、更大规模的产业。"他说到这,稍有停顿,道:"大家想想,搞啥子呢?"

有人等不及,问毛支书有啥子想法。

多年来,村民已经习惯跟着毛支书思考。毛相林这样问,多半已经有了主意,跟着他就要讲搞啥子,如何搞。

这次不同,毛支书跟大家讲起下庄历史:"下庄从老一辈迁移进这个村庄,数百年来,一直保持水绿山青。下庄人世代生活在干净的山坑里。有人提议搞养殖业,来钱快,那样会把周围环境弄脏,前辈也不答应,我们这辈无法交代。"

"那搞个啥子嘛?"有人问,"这不行那也不行,搞么哩能行嘛?"

毛相林这才触及正题,道:"你们看,奉节、曲尺的柑橘发展成熟了,我们来种柑橘嘟个样嘛?"

有人站出来反对,把袁孝恩过去种柑橘未成功的事情搬出来说。有人说来下庄的人不多,种柑橘只有留到自己吃,卖不出去。

袁孝恩坐在角落,一言不发。他试种柑橘的事,发生在20多年前。

袁孝恩3岁丧母,与老伴杨元春从小在一个村里长大。成年后,袁孝恩看上了杨元春,请人说媒。杨元春对袁孝恩十分满意,19岁那年嫁给了袁孝恩。婚后日子过得紧巴,他觉得对不起老伴。穷怕了,他想了很多办法赚钱。20世纪70年代,他在大队做火纸,自己当老板,签了10年承包合同,交钱给生产队。

做火纸没能致富,袁孝恩又想其他办法。有一天,毛相林在田地里转悠,碰到袁孝恩下地干活。还在担任生产队长的袁孝恩有些叹气,下庄贫穷,感觉一年干到头,看不到希望。

袁孝恩苦闷,毛相林有同感,但他没有表露出来,站在田边,道:"我们还得想办法,这个山窝窝里头,不想办法自己做,就没得出路。"

听毛相林这样说,袁孝恩猛然想起他家亲戚在奉节,便跟毛相林聊起种柑橘的事情。他家亲戚种了10多亩柑橘,收成很好,他说自己想试一下。毛相林说:"试嘛,当然是可以的,我支持你。"

年底，袁孝恩背回柑橘苗，栽种，浇水。柑橘苗在土里扎根，生长，在农家肥的饲养下长高，长叶，开花，次年挂果。他不懂施肥打药，柑橘受到虫子啃噬，没有收入。袁孝恩的柑橘梦断了。

下庄开始修路后，袁孝恩参加修路，不能出去挣钱，家里人生活、买肥料需要用钱，日子一天比一天难。他找亲戚借钱，欠下债务。路修好以后，2010年袁孝恩到广东做气瓶，也就是烧煤气罐，当年收入1万多元，勉强还清欠债，这才返回家做农活。

时间拉回到院坝会上，毛相林提起种柑橘后，主动点名让袁孝恩谈谈自己的意见。

袁孝恩是一条硬汉，当过计分员、出纳员、保管员，后来还当过17年的生产队长。过去种柑橘不成器，他一直不甘心，想起就心疼，总是觉得别人能种，自己也能种，那个柑橘梦一直在心头萦绕。但是，毕竟没有种成功，他说话没有底气。

毛相林点名后，袁孝恩想了想，说出了心里话："我前头种失败了，你们都晓得。别个都种得出来，我也还想试试。"

听袁孝恩这样说，有人问："你不怕柑橘又种不成器啦？"

袁孝恩道："怕也解决不了脱贫的问题呀。修路这么难的事情我们都不怕，还怕种点柑橘。以前我们修路的时候，别人都说我们修不成，我们坚持下去，结果修成了。我觉得种柑橘总不会比修路更难。"

种柑橘能不能成功，毛相林心里还是没底，有些忐忑。但是，不试一试怎么能成功呢？他喜欢听袁孝恩后面那句话："修路这么难的事情我们都不怕，还怕种点柑橘。"

在悬崖峭壁上修路这件事，已经成为下庄人的精神力量，凡是遇到难事，他们都会拿难事和修路来比较，比较之后，便会产生信心和力量。

村民把目光投向毛相林，只要毛支书说干，他们就愿意支持他。过去他带领大家修路，成功了，成绩在那里摆起，毛支书是做得成事的村干部。以前村里种漆树、养蚕失败了，但是毛支书给大家说得很清楚，原因在那里摆起，那怪不得他。

农委专家在下庄踩点考察柑橘情况

村民道："不管怎样，你说怎么搞就怎么搞。"

有人问下庄的土壤到底适不适合种植柑橘，毛相林说这个问题问得好。当大家都赞成他的意见，他反而脑子格外清醒，想听听不同意见，把问题搞得更透彻。

毛相林叫大家莫争，他要去趟县农委，请专家来看，土质得不得行，专家说了算。如果专家说得行，有搞头，那就搞，没得话说。

他面对大家热切的眼神，又强调了袁孝恩刚才说过的话："路都修通了，发展个产业，难道比修路更困难、更危险吗？"他又自言自语回答："以前在崖上刨路，流血丢命都不怕，现在发展产业不比修路更困难，那还怕啥子。只是要讲科学，不蛮干，肯定能成功。"

开会统一思想以后，毛相林带着村干部再到巫山县曲尺乡考察。当地柑橘长势喜人，果农一年收入好几万元。曲尺乡土壤、温度和雨水等自然环境都和下庄相差不远，曲尺乡种柑橘发了财，毛相林搞柑橘决心更坚定了。当时他的儿子毛连军在重庆主城打工，遂动员儿子到奉节学习柑橘种植技术。儿子向来喜欢学技术，便爽快答应。

毛相林又征求老支书杨元位的意见，问他是否愿意去学习，由村里报销路费和住宿费。

杨元位满口答应，道："报不报销费用我都要去学，学了比不学强。"

杨元位是一名有 30 多年党龄的老党员，1992 年当村支书，他身患多种疾病，自知自己活不了多久，余生最大的愿望就是想再为下庄村村民做点好事。

　　杨元位体弱，没有劳动能力，家庭开支靠儿子外出打工，每年能挣 3 万～5 万元。以前下庄整村交公粮 1 万多斤，每人背 100 多斤。早上天麻麻亮就出发，走 4 个多小时才能到目的地，到达时已过中午。那时没钱下饭馆，头天晚上用柴火烤的红苕当午饭，烤红苕四五成熟，皮软里硬，以免揣兜里被压烂。

　　如今路修通了，杨元位为下庄村村民做好事的心情更加强烈，下决心要把柑橘种植技术学到手。

　　2012 年杨元位与毛连军到奉节学习柑橘种植技术 8 天，后又到巫山学习 8 天，归来后两人成为村里的土专家，指导村民栽树，打药。

　　杨元位不放心农户自己兑药，总是亲自操作。每桶水兑多少药，每种药兑几毫升，都有比例。配好以后发给农户，村民省事，也不容易出错。

　　柑橘试种后，效果不错。毛相林在 2014 年正式找到农委，请求在下庄大面积种植柑橘。如果得到农委同意，那么国家还能有资金扶持。

　　农委专家回答道："我们踩过点，下庄土质不是最理想的种植柑橘的土壤。"

　　毛相林道："以前修路得到你们支持，我们下庄很感激，现在脱贫还要靠你们支持啊！"

　　"你们还是要认真考虑。"农委专家迟疑，觉得下庄这地方穷，种柑橘投入大，要是没收成，白费钱。而且他们踩点的地方确实不太理想。

　　"有你们专家支持，肯定能成功。"毛相林请求农委再来考察一次，道："我们下庄人祖祖辈辈都不懒，对土地也熟悉，试种的柑橘长势不错。你们专家再来看一次，多考察些地方，看一看是不是有合适种的地方。如果真不行，我们再想其他办法。如果行，我们就根据农委的产业要求，在下庄种柑橘。"

　　农委专家被毛相林的执着感动了，再次来到下庄，一来看柑橘试种的情况，二来重新踩点测试土壤。这一次，农委专家考察的路径更宽、更远，终于确定在下庄的山谷里有大片适合种植的区域。得到这个信息，毛相林心里蛮高兴，比吃了橘子还甜、还兴奋。他如释重负，他的努力再次证明，做成事靠争取。

2015年，农委批了500亩地用来种植柑橘。毛相林拍着袁孝恩的肩膀说，终于可以搞柑橘种植了。两个下庄汉子，惺惺相惜，眼含热泪，会心一笑，心里的柑橘梦又一次被点燃。

有了政府的支持，毛相林心里更踏实了。他想象着满山的树苗，碧绿清香，它们慢慢长大，开花结果。漫山果子，由绿变黄，美丽的画面徐徐展开。

农委专家和技术员一行来到下庄，先数窝子，挨着落实面积。挖窝子，深1米，宽8.5厘米，进行质量检查，每个窝子由政府补助20元。

第三次，黄站长带领农委专家一行走进下庄，检查柑橘苗成活情况，每成活一棵树，政府给予5元补助。

成片成行的柑橘苗站立田间，如山的精灵，唤醒了沉睡的荒山。黄站长比毛相林更激动，这哪是柑橘，这分明是下庄的希望呀。他拍拍毛相林的肩膀，感叹道："老毛你真行啊！"

当初要不是老毛多次到农委汇报，坚持要农委再来实地考察，哪有今天下庄成片的柑橘林呢。柑橘成活率这么高，毛相林和下庄村村民真给他长脸，争气。

毛相林嘿嘿地笑，道："要种就要成功，才对得起大家，对得起政府的扶持。"

2017年柑橘开始挂果。

天有不测风云。老天又跟下庄人开了恼人的玩笑。2018年秋，蛆柑波及整个下庄，这一年，一个果子未收。

留守枝头到最后的一批柑橘，个头硕大，皮色深黄，掰开看，细小的白色虫子在蠕动，那就是蛆柑。

一波接一波落果，烂果，柑橘颜色未黄就掉落了。柑橘颜色黄中带白点，蛆柑明显。而那些由青变黄，果子周身黄的，也成了问题柑橘，不能卖出去。

袁孝恩在果园看到这种情况，当年的情景又浮现在眼前。他有种不祥的预感，心沉落到谷底。

毛相林走到各家柑橘园查看，每户如此。柑橘每天往下掉落，他看着很不是滋味，心里难过。

"老毛啊，今年白干了。"袁孝恩话音低沉，悲凉。

白干一年，毛相林心里比别人更不好过。在村民大会上，毛相林给大家鞠躬，检讨自己，道："是我没有做好，我对不起大家，让大家经济受到损失。"

大家沉默。

"但是，路还得往前走！"毛相林停顿一下，继续道，"下一步该怎么办呢？这是大家的事，大家都要出主意想办法。"

"该怎么办呢？还能种柑橘吗？"有人发问。

"要种。为啥子不种嘛？"毛相林语气坚定，又道，"我想了想，我们不能蛮干，要科学种植。"

"怎么科学种植？我们都不懂啊。"有人道。

毛相林说："我们不懂，县里专家懂。我们去请农委专家教我们怎么防治虫害，如何？"

大家点头，议论开来。

下庄人终究还是认定毛相林，他从18岁当大队民兵连长，20岁出头就是副大队长，到眼下已当了近40年村干部。他连任11届村主任，村民还信他，在许多事上跟他一条心，不怕"撞南墙"。

蛆柑事件发生后，毛相林感到必须科学种植，他决定办愚公讲堂，并把自己的老屋拿出来做教室，定期不定期地邀请专家来讲种植技术。

2018年下半年，毛相林到农委请教之后，带领村民治蛆柑。

柑橘树长大了，花谢以后，结果之前，需要打药水防治病虫害。

毛相林亲自去买了100多条塑料口袋发给村民，所有坏的柑橘不能吃，好的也不能吃。把地上的捡回，把树上的摘下来，全部放进塑料袋里，用药闷杀。每个口袋能装300多斤，密封好袋子以后，堆到荒山脚上。

毛相林算了一笔账，2018年如无蛆柑，则下庄正常收入可达20万元。去年，因蛆柑下庄经济损失惨重。个别村民心里不舒服，有怨言，毛相林理解。而大多数村民不吵不闹，继续支持，这反而让毛相林心里更歉疚。这脱贫攻坚交的学费有点贵，他很心痛，下定决心要带领村民挣回来。

"根治病虫害，定期刷石灰，打药，修枝，每年施药2～3次。"

妇女主任刘时琼挨家挨户吆喝，喊村民到毛支书的老屋去领药。她每年要去七八趟毛支书家里，给村民兑药发肥料，每次需要大半天时间。

听到她的喊声，村民争先恐后地从家里跑出来，拿着矿泉水瓶子去领药。

一路喊过大家，刘时琼协助村支书毛相林和老支书杨元位兑药。按照比例，一瓶药兑一桶水，多兑少兑都不行。药兑多了，掉叶伤果；药兑少了，治不了虫害。

兑完药水，再把药水和肥料发放给每家每户，边发边进行技术讲解，给大家讲清楚每棵树打多少。

发完药以后，刘时琼再把自己家的药背回去，她要给自己的8亩地，300多棵柑橘树打药，修枝刷白。她丈夫外出打工，家里靠她一人干活。

开展柑橘种植技术指导

大女儿在外地读大学，小女儿读初中，大女儿放假回来也帮忙做。

刘时琼娘家在阮村，她表姐先嫁到下庄，随后给她做媒，介绍她认识了现在的老公。阮村山势高，过去比下庄还穷。下庄地势低，气候好，冬天不下雪，一年种几季水稻，不缺吃。她老公人老实勤快，娘家高兴，她也喜欢。娘家陪嫁的组合挂衣柜、桌子、梳妆台，花了半天时间才抬来下庄。

刘时琼给自己家柑橘打过药后，就去愚公讲堂学习。巫山县就业局与巫山培训学校举办北碚对口帮扶就业技能果蔬标准化生产技术——柑橘种植讲堂，专家讲柑橘整形修剪现状、柑橘整形修剪的正确理解、早结优质丰产稳产的标准树形结构分析。

经过大家的共同努力，柑橘蛆柑问题被解决，2019年柑橘收成很好，下庄的柑橘成了村民们的摇钱树。

三、抱团合作力量大

2018年成立柑橘合作社时，毛相林动员王先翠加入合作社。

加入合作社是自愿的，有的村民不愿意入社，就由自己管理。毛相林给村民们算过一笔账，如自己来管的话，成本很高。去奉节运输秧苗要花钱，每棵树苗从养大到成材到结果，不算运输费，仅打药施肥，成本需要20元。肥料钱也是一笔不小的开销，每年每棵树至少使用肥料10斤，肥料每吨3800元，每斤1.9元，每棵树需要20多元肥料成本。加入合作社后，各项成本都会大大降低。

起初王先翠想不明白加入合作社究竟有啥子好处。毛相林跟她细算："入社后一棵树只交4元钱，其余成本由政府补贴，合作社统一发药，兑药，治虫害。"

"果子咋卖嘛？合作社帮不帮卖嘛？"王先翠还在犹豫，问道。

"要帮。"毛相林说，"加入合作社，果子销路不用愁，由合作社统一联系销往各地。若是你不满意价格，也可以自己联系销路。"

"哦，那这样还可以嘛。"王先翠咧开嘴笑了。

毛相林耐心地道："那就是嘛，去年刘时琼联系巫山鲜果王，对方上门考察后很满意，收购她家果子，一斤卖5元。"

王先翠终于明白了毛相林的苦心，她晓得了加入合作社的好处：有了技术把关，风险减少了；有了政府补贴，成本降低了；有了销售渠道，果子成熟以后不愁卖了。

"明白了就好。"毛相林开心地笑了起来。

在发展产业的过程中，毛相林发现村民单干困难多，就带领村民成立了多个合作社，有柑橘、桃子、核桃合作社，每个项目一个合作社，以合作社形式管理产业。

　　毛相林亲自办理盖公章、签字等相关手续，并办理了营业执照。到奉节草堂果园供销合作社买专用化肥，找司机，交钱，开发票。中午不吃饭，他想一顿不吃饿不死，回到家后晚饭午饭一起吃。肥料拿回来后按照比重，家庭分配，每根3斤。组长通知，签字画押。

　　合作社缺乏资金，跟小娃一样，奶吃不饱。毛相林学习扶贫政策，运用扶贫项目，争取政府资助。

　　毛相林担任柑橘、桃园、核桃合作社一、四组总指挥。他本人不懂技术，就去奉节学习种植技术，请技术顾问到田间地头实地讲解。

　　加入了合作社，王先翠不想当甩手掌柜，把啥子事都甩给合作社。她学习技术非常积极，每天吃过晚饭，收拾完屋子，赶紧到愚公讲堂听课。她家离愚公讲堂远，爬坡10多分钟才到。但是，每次她都第一个来愚公讲堂。

　　讲堂举办了几十期，讲下庄产业发展、脆李、柑橘，讲如何施肥，防虫，拉枝，打枝，很受大家欢迎。来听课的有穿着红绿衣服的年轻女

下庄村硕多水果种植专业合作社

孩和妇人，有放暑假的大学生，有扎鞋垫的妇人，有的手里拿着笔记本，有的怀里抱着娃娃，还有一辈子没有进过学堂的老人。男人们扔下背上的喷雾器，挤进空位子坐下。椅子不够坐，再到毛相林家里搬。

王先翠觉得这方面的知识掌握得不够，学习很认真，掌握了以前压根儿不知道的种植技术。

2019 年，王先翠家柑橘挂果茂盛。

王先翠家的纽荷尔橙在外颇有名声，好卖。2019 年，她家的纽荷尔橙产值达上万元，除了通过合作社卖出去的收入 7000 多元，送给亲戚朋友吃的也有几千元。

王先翠身材瘦弱矮小，总是穿朱红色外衣。以前修路时，她到工地背水煮饭；如今脱贫攻坚，她成为走在前面的柑橘大户。

日子一天天好起来，王先翠心里甜滋滋的。她一直记得种柑橘的时候毛相林来看望她的情形。当时她正在拉枝，这是她从课堂学到的知识，把往天上长的树枝拉下来，枝丫不能长太高。毛相林点头，表扬她学得快，又指出做得不好的地方。

果子成熟了，由青变黄，橙黄的果子挂在枝丫上，沉甸甸的。游客来买柑橘，看见满山的果子，异常兴奋，欲伸手去摘。王先翠叫住游客，说："我来帮你们摘。"她用剪子贴着果子剪，这样不伤枝，便于来年结果。

王先翠把家里的桌椅搬出来，请游客坐下来品尝果子。摘下来的果子剥开皮后，一股清香的味儿弥漫开来，游客也忍不住吞口水。

游客边吃边说好吃，还总结她的果子口感好、糖分高、水分多、新鲜。

王先翠的柑橘地虽处在低洼地势，但是向阳，阳光充足。晒到太阳的果子尤其好吃。

游客问："你的果子向着地面背阳的好吃吗？"

王先翠回答："他们来吃过的都说好吃。"

游客摘了一个面朝地面的果子，剥开皮，掰两瓣塞进嘴里，说："是好吃。"

到了 1 月，果皮上有一层白霜，这时的果子最甜。收获的季节，政府帮忙推销，王先翠的果子甜，皮薄，能卖到湖北、江苏等地。她女儿在南京读书，也帮着妈妈搞销售。

毛相林又来到果园，扯起嗓子问："王先翠，要摘果子了哦，你搞得赢不？"他晓得她老公外出打工，家里没有劳动力。

"搞得赢，毛支书。"王先翠回答。

毛相林说："哦，我来看看，听说你的果子卖得好哦。搞不赢吼一声哈，反正可以请工帮忙。"

转工，就是本村村民组织起来，哪家忙不过来就帮哪家，今天你帮我，明天我帮你，不付给对方工钱。

转工做累了，王先翠从树上摘果子给他们吃。

"你种得好，种植柑橘的技术都学到手了啥？"毛相林又道，"以后你也到讲堂来给村民讲哈嘛。"

"一般哦，我还不是最好的。"王先翠答。

"哦？哪个讲呀？"毛相林问。

王先翠道："我技术还没完全学到啊。"

"好好，慢慢学嘛。种柑橘有很多技术，特别要注意开花的时候有没有虫。"

"嗯、嗯，每次愚公讲堂，我都第一个去。以前不知道病虫害有红蜘蛛、蚂蚁和枯叶症，更不知道结果时长甲壳虫，马蜂蜇了长蛆柑。听了课，我都晓得了。"王先翠应着。

王先翠种了柑橘 6 亩，280 株，分别在 2 月、5 月、10 月打药，撒石灰，每年打药 8 次。谢花时打一次，防治蛆柑。在 5、6 月，每 4 天打一次药，治棉虫，除芭茅草。

柑橘一个个成熟，露出笑脸，王先翠跟它们说着话，就像跟自己的娃儿说话。如今它们就要离开自己的家了，王先翠还真有些舍不得。她用粗糙的手抚摸着这些果子，这个长得瘦小的女人，很精干。她做梦也没想到，下庄路修好以后，她会在有生之年享受到修路的福利。

丰收的柑橘

看着眼前的巨大变化，王先翠如梦如幻，她不太敢相信眼前的一切。

没修通路以前，生活真是艰苦。没有路，买肥料，走后坡小路，天不亮就出发，到乡政府供销社背七八十斤肥料，天黑以后才回到家里。中午自己带个麦子粑粑对付。

以前想都不敢想种柑橘，没办法把肥料买回来。即便买回来，种的柑橘也卖不出去。现在，种柑橘的肥料用东风车一个小时就拉回来了。

路修好了，需要什么，随时可以出去买。过去冬天穿的那件衣服，夏天还是穿那件；现在穿的衣服经常换，冬天是冬天的，夏天是夏天的。

刚修好路的第一年，也就是 2005 年，那时产业没有发展起来，只能吃饱饭，没有经济收入。靠种芝麻 200 ～ 300 斤，收入 400 ～ 500 元。芝麻打割收晒，很辛苦，挣钱少。种小麦 600 ～ 700 斤，卖 600 ～ 700 元，猪卖几百元。加起来不到 2000 元。

2015 年因女儿读书，收入减少，消费增大，王先翠被评定为贫困户。如今靠卖柑橘，2019 年产值就上万元，已经彻底脱贫。

初尝甜头后，2019 年王先翠追加投入 1200 元，她打算 2021 年再投入 5000 元种柑橘。

毛相林告诉她，2021年政府将停止资助，以后要靠自己的力量致富。她理解政府，也不需要继续扶持。她积累了资金和经验，充满信心，走在致富的路上。

从王先翠家出来，毛相林来到70岁的致富能手刘恒玉家里。刘恒玉与王先翠住家隔不远，此时他跟妻子正在翻弄着一块红苕地，地里堆满了挖出来的红苕。

"这么大岁数了，整天干农活累不累？"毛相林问。

刘恒玉想都不想就回答："当年修路都过来了，还有比那更苦更累的吗？"

刘恒玉说这话让毛相林感动。

毛相林说："现在生活好了，他们没有白白牺牲呀。"

刘恒玉是修路牺牲的沈庆富的岳父，说起女婿，刘恒玉神色黯然，望着前面自己的柑橘地，自言自语地说："女婿的牺牲换来了乡亲们的好日子，值了！"

刘恒玉被推荐为致富能手的评语写道：种植柑橘10亩，积极主动地管护柑橘产业，凭借着自己的勤劳智慧，努力地成为产业发展带头致富模范，赢得了村民的称赞和认可。

说起自己是致富能手，刘恒玉的语言表达出现障碍，一着急甚至有些口吃，但讲起自己的收成时，分外流畅清楚。

刘恒玉看着远处自己的柑橘林，心里喜滋滋的。那片土地栽种10亩柑橘，2019年收入2万多元。2021年是柑橘盛产期，收成还能比2019年翻倍。

四、西瓜圆梦山那边

　　毛相林心中分量最重的永远都是下庄的发展。外出之时，他时刻寻找适合下庄的产业。

　　有一次他到妹妹家玩，妹妹在镇上买回西瓜，切开，喊家里人吃。

　　毛相林接过西瓜，咬一口，吃在嘴里又甜又清凉。他问妹妹西瓜是从哪里弄来卖的，妹妹告诉他是巫山县城边的人来卖的。吃过西瓜，他脑子转开来，他想下庄能不能种西瓜呢。这些年，心心念念想的就是如何把下庄的产业发展起来。

　　回到家，他叫老二去街上买个西瓜回来，翻看着，反复琢磨。吃过早饭，他点燃一根烟，猛吸一口。远山，雨雾缥缈，背后的"之"字拐把他的脱贫致富梦延伸在大山之外。

　　吸完烟，他掐灭烟头，往屋外走，他去竹贤乡场上买西瓜。街上，三轮板车上堆满西瓜，毛相林的视线在那些竖条纹，身体圆滚滚的翠绿色西瓜上移动。

　　小贩吆喝着："卖西瓜，又甜又脆的大西瓜，不甜不脆不要钱。"

　　毛相林在一辆三轮车前停下来，小贩问："大哥买西瓜吗？"

　　毛相林问："好多钱一斤？"

　　"两元。"小贩回答。

　　毛相林拍拍西瓜，问："西瓜是你自己种的还是打（批发）来卖的哟？"

　　"自己种的嘛。"小贩说，"尝尝嘛，甜得很哟。"

　　小贩用西瓜刀削一小块瓜瓤递给毛相林，说："尝尝嘛，又不要钱，买不买不打紧。"

　　听说是自己种的，毛相林来了精神。他伸手接过西瓜，放进嘴里，说：

"你这西瓜产量蛮可以的。"

"嗯，产量还是蛮高。"小贩答。

毛相林笑笑，竖起大拇指说："蛮好蛮好。"

毛相林买了瓜，抱回家里。

次年春，他悄悄买了2包西瓜种，拿回来在自家田里种下。西瓜苗长大，结果，他暗自高兴。没想到，在下庄种西瓜还有这样好的收成，从西瓜子种下到结果，几个月时间，两包种子，收了1500多斤。家人吃不完，他叫女婿拉出去卖了500多元。

毛相林心里有了底，把大家请到院坝里。

桌上摆放着十几个大西瓜，村民丈二和尚摸不着头脑，今儿个毛相林遇到啥好事了，要请我们吃西瓜。

"是呀，就是请你们吃西瓜哟。"毛相林笑着说，他叫妻子王祥英切西瓜给大家吃。

大家很兴奋，往前面挤。毛相林说："莫急，莫急，大家都有份。"

随着切西瓜炸裂开脆响的声音，一股清香从破开的瓜里飘出来。村民等不及了，拿起切开的西瓜，送到嘴里。

"好吃！好吃！"

"这西瓜真甜，味道真不错。"

大家吃过西瓜，毛相林说："各位乡亲，今天把大家召集来，是想再次就下庄的产业发展，听听大家的意见。"

听到毛支书说产业发展，场子里安静下来。

"下庄的天路已经修通，到现在6年了，我们下庄出去方便了，也看到外面发展很快。大家都看到了，我们跟外面的世界比较差距太大了。"袁孝恩说。

这个当年的修路组长，说话的声音有些悲凉。

"就是啊，我们下庄土地肥沃，都说是个落池成粮的好地方。可是现在我们还是只能守着红苕、洋芋、苞谷'三大坨'过日子。没有经济来源，要做点其他啥子事情，真是没有一点办法，拿不出钱来。"毛相斌感慨地说。

两人的话，如石头投进寂静的河面，荡起涟漪。

这个现状，大家都知道，村民私底下议论起来。

村民的话，让毛相林心里头不太好受。他站起来道："这些年大家看到的，我也是想为大家找到一条致富门路，可是结果却不尽如人意。我也想把事情搞好，不想把事情搞砸。话又说回来，大家跟着我吃了不少苦头，这让我心里很难过，我对不起大家。"

毛相林脸色凝重，声音低沉。

"不是，怎么能怪你一个人嘛。"袁孝恩说。

毛相林挥挥手，说："今天请大家来，主要是说说种西瓜的事情。"

"哦！"大家望着毛相林，眼里充满期待。

"过去有过失败教训，我怕又失败了，大家跟着我受累，就先偷偷试种这些西瓜，出人意料，种西瓜收成好呀。"毛相林抬高语音，充满自信地说。

"大家算个账，要是西瓜能种成功，每斤可卖 3 毛到 5 毛，每家收入多多少呢？"毛相林说。

"毛支书，你种西瓜收成好，可不晓得我们得行不？"有人担心地问。

"就算是我们种西瓜得行，可全村人都种西瓜，到时候卖不脱烂了，啷个办？"有人接过话头。

毛相林不语，他的眉头一会儿紧锁，一会儿舒展，他认真听大家你一句我一句说。

这时，坐在左边上的彭仁松站起来说："毛支书，我相信你，你说西瓜能赚钱，就能赚钱。"

"你啷个想的嘛？"毛相林问。

"我想明年跟着你种西瓜。"彭仁松回答。

"要得嘛。"毛相林说。

"你能不能教我学习种西瓜的技术呢？"彭仁松问。

"好，你脑袋瓜子灵活，我看好你。"毛相林高兴地说，"你先试着种，不忙种多了，种上一两亩，看看情况再说。"

"好。"彭仁松说。

"大家也可以这样，先不忙种太多了。"毛相林说。

有毛相林带领，彭仁松信心满满。他唱起了山歌，浑厚清脆的声音在山间回荡。他憧憬着未来，眼前美景浮现，远山下，瓜田里，藤蔓下，硕大的西瓜结满田地。

"下庄像口井，井有万丈深；来回走一趟，眼花头又昏。"干活时，彭仁松唱着山歌。村里来了客人，他便扯起嗓门，把山歌唱给客人听。

彭仁松致富心切。因为以前他母亲生病，儿子读大学，家里负担重，他家被评为贫困户。儿子去读书的时候，他找毛支书借了1000元钱急用。

在院坝会上，彭仁松态度很坚决，要跟着毛支书学种西瓜，如今已种西瓜4年，他是村里最早种西瓜的人。

第一年，他跟着毛相林学习试种，起初买10元种子苗，种给家里人吃。毛支书实打实传授经验：窝距1米，行距3米，不能太密，密了瓜长不开，结的瓜长不大。

出乎意料，收入不少，那年收西瓜几百斤。

彭仁松信心大增，决定继续种西瓜。他到书店买了本西瓜种植技术的书来学习，准备大干一场，扩大西瓜种植。

第二年，一场春雨滋润土地，彭仁松在市场买来种子，选一个开春的日子，一粒粒种到打好的土窝里。种子种下，他期盼心切，隔三岔五跑到地里，看西瓜长出苗头来没有。

白天劳累整天，夜里，他早早睡下。手机电话铃声响起，他被吵醒。他女人来电话，问他好不好，还说要回来看他。接听好一阵他才回过神来，知道是他女人打来的。

他女人的电话，让他感到高兴又突然。他女人在外面打工20多年，一直没有回家。

他又想起西瓜，今年多种点西瓜，多卖点钱，让他女人回来，不用那么辛苦在外打工。想起土里的西瓜，觉得心里不踏实，于是翻身下床，抓起床边的手电筒往西瓜地里跑。

手电筒光亮在黑夜里闪烁，远处的村民看见，着实吓了一跳。彭仁松种西瓜的那个位置叫刘二荡，过去村里死人都埋在那里，那儿有许多坟。翌日，村民传说看见鬼火了。

彭仁松越是着急，田里的瓜苗越是不长。他跑到毛支书的瓜地里看，不看不知道，一看吓一跳。毛支书家的西瓜都长出来了，而他自己的一点都没长。

按照书本上说的，2月末3月初播种，跳行8尺，开始用清粪水，抓一把尿素，秧子间隔窝子25厘米。一周后就能出秧苗。他感觉自己没有做错。

这是怎么回事呀？彭仁松急得跺脚，西瓜还认人啊！他心急火燎地跑到毛支书家里，说："毛支书，请你去看看我的西瓜嘛，啷个点都不长嘛？"

毛相林正要找彭仁松，看见他来了，便问起鬼火的事情。彭仁松苦笑，说："哪有啥子鬼火呀，那是我在地里看西瓜苗长出来没得。"

毛支书刚回到家，还没吃饭，听了彭仁松的话，道："不急不急，走，我们去看看。"

彭仁松着急，边走边说："下庄西瓜脆甜，口感好。前年专家来下庄不是说了吗，下庄土质出任何庄稼都好，啷个是这个样子的嘛？"

走到地里，毛相林蹲下身，轻轻掀开土，见到西瓜籽，心里有了答案，顿顿，说："瓜子发霉了，有的虽然发芽了，但还是长不出来，枯死了。"

说着，接连刨开几行土，都是这样。毛相林用手抓起一把土，细眯着眼仔细瞧，说："小彭呀，你这个土肥下得太多了，种子受不住，烂了。"

彭仁松一脸愁容，晃晃悠悠，脚有些站不稳。

毛支书安慰彭仁松，说："西瓜小苗不易成功呀，我晓得你花了很多心血。"

彭仁松急得快哭了，说："去年种了点自己家里人吃，长得挺好，今年想多种点，多卖点钱，施了农家肥，还加了尿素有机肥料，没想到就弄成这样子了。"彭仁松跺脚，又说："哎，真是不该啊。"

毛相林说："不怕，小彭，只要找到原因就好了，就有解决办法了。

我家里还有些多余的散苗，趁下雨天你挖来，补栽起苗子，应该能成活。"

彭仁松不好意思，说："毛支书这怎么使得，还是让我自己来想办法。"

毛相林说："不要说了，就按我说的办。"

毛相林带着一帮人为彭仁松的田里补苗。

2019 年，彭仁松买西瓜种子 300 元，卖西瓜 8000 元。

彭仁松笑了，4 月开花，6 月初结果，7 月卖完西瓜。他女人从打工地回来，帮他卖西瓜。

外面商贩听说彭仁松的西瓜好，出价 5 角、6 角、8 角收购，彭仁松觉得价太低，他用三轮车自己拉到竹贤乡和骡坪，卖 2 元一斤。这个价买的人少，又降价到 1 斤西瓜卖 1 元钱。每次拉出去 40～60 个，约有 1000 斤。

彭仁松实诚，卖瓜的人问他怎么挑选，他教顾客挑西瓜。拍声空响，又不能太过，要响当当；屁股疤子越小越好；瓜生得正，疤子就正。

只要说是下庄的西瓜，买的人多呼啦拥上来，整车西瓜很快就卖完。卖外地西瓜的贩子，到处喊他的瓜是下庄西瓜，彭仁松问他们是下庄哪里的，贩子说下庄的西瓜好吃又好卖，所以他们就说是下庄西瓜。

市场上的抢手货——下庄西瓜

2020 年，彭仁松买了 400 多元种子种下，这年雨水多，阳光少，他到地里轻轻翻弄西瓜，把阴面转过来晒太阳。雨水多了，下面未晒到太阳的西瓜皮已经瘪了，长不大，必须摘掉，他摘除几百个扔掉。

毛支书在田里转悠，说："小彭我看哈你的西瓜，都说你西瓜长得好，你要好生管，要以西瓜为主，做成产业，不要光想到挣小钱。"

2020 年，阴雨影响西瓜生长，他的西瓜仅卖 4000 元，他知足了，他期盼来年丰收。

9 月下旬，彭仁松家里来了几个客人，他拉开嗓门，唱起山歌。客人被他的歌声带到下庄悬崖绝壁的世界，客人在他院坝坐下来，听他讲他和下庄的故事。

他左看右看，家里实在拿不出什么招待客人，脑子激灵转，便出门去。他到西瓜地里寻一圈，看见瓜地里还躺着最后一个西瓜，他心里一阵高兴。

此时西瓜早已下市，这瓜还躺在土里，彭仁松不太想摘了它，想把它留在土地，把对来年的希望也留在这片地里。

长久留在瓜藤的西瓜因为时间过长，口感有些绵，但吃起来同样新鲜、甜脆。

下庄路修好以后，日子好起来，彭仁松不出去打工了，他女人也要回来。他已年过半百，对生活还有向往，他对下庄的发展充满信心。

彭仁松的西瓜地亩产西瓜 3000 斤，再套种柑橘，一亩地栽柑橘树 40 棵，收入 4000 元。在他的带动下，其他村民也是有样学样，根据地势，在柑橘地里套种西瓜，或是在西瓜地里套种柑橘，一亩地的收入比起单独种一样要强得多。

彭仁松驾驶三轮车，在鱼儿溪，他唱起自己写的山歌：

> 我们下庄要拼搏，
> 不怕流血和流汗。
> 不等不靠求发展，
> 大路修在蓝天上。

五、三合大院迎客来

下庄坐落于巨大天坑底部，如世外桃源。鱼儿溪从天坑顶端沿着绝壁倾泻而下，在天坑底部与庙堂河汇合，形成后溪河，再沿着绝壁间的一线天山谷奔流而去。其独特的地势，造就了独特的自然景观，绝壁环绕，山势险峻，峡谷清幽。

早在脱贫攻坚战打响之初，毛相林便有发展乡村旅游的想法。在发展脱贫产业时，他有意选择了与旅游相关的产业，比如柑橘、脆桃等水果，既可观花又可采摘。2015 年新一轮脱贫攻坚战打响，下庄基础设施慢慢改善，逐步具备了发展旅游的条件。

下庄第一家农家乐是由毛相林一手策划和推动的。修建农家乐始于国家政策危房改造的扶贫，毛相林认为把危房改造与发展旅游结合起来，不仅住得安全，还能致富。杨亨双、杨元鼎、袁堂清三个修路汉子在毛相林的鼓励和帮助下，抱团发展，建起了村里第一家农家乐，成为第一个吃螃蟹的群体。

农家乐建成之前，这里是一片耕地，是老下庄这个"天井"村庄的中心部位，在这里可以一观四周绝壁山势的雄姿和峭态。这些在以前看着就头疼的喀斯特地貌特有的高山大川，大巴山腹地山脉，如今成为老下庄人特有的吸引游人的资本。

农家乐取名为三合院，顾名思义——三家人联合修建的一幢房子、一个院子、一条共同致富的路。

下庄人总体不富裕，由一家人投资建农家乐不太现实。毛相林最初考虑由杨元鼎和另外两家贫困户陈富安、马兴潮共建农家乐。除了国家危房补助以外，每户投资最少还得拿出 30 万元。

后溪河的秀美风光

杨元鼎老婆患有支气管炎，三个女儿成人，分别在大昌和早阳，有个在城里收费站工作。他曾经当过村会计，头脑灵活，同意与其他人一起修三合院。而陈富安、马兴潮家里拿不出那么多钱来，故没能参加。

　　陈富安、马兴潮退出后，毛相林反复考虑，决定撮合杨亨双、杨元鼎、袁堂清在一起搞农家乐。这三家人是亲戚，聚在一起搞农家乐更有优势。

　　毛相林找到袁堂清，问其愿不愿意与别人合伙搞农家乐。袁堂清得知另外两家人是杨元鼎和杨亨双，便爽快答应了。

　　毛相林又找到杨亨双，却遇到阻力。

　　杨亨双是土生土长的下庄人，世代生活在天坑底部。他的母亲和妻子都有病，家里有两个小孩，老大在重庆打工，老二在读书。以前他到广东湛江、海南等地打工贴补家用，回来以后经营农家乐，有一定的经营基础。他得知毛相林要让他跟堂叔杨元鼎、连襟袁堂清一起修院子搞农家乐，没有同意。不仅杨亨双不同意，家里人也没有一个同意。家里

下庄三合院入口处

人认为他们家世代独门独居，住起舒服方便，哪有跟别人共建房子住在一起的道理。

毛相林把杨亨双、杨元鼎和袁堂清找来，坐在一起，仔细给他们讲下庄的发展前景，分析建三合院发展农家乐的好处。

杨元鼎、杨亨双和袁堂清都是修路的中坚力量，修路时流过汗，出过血，立过功。奈何致富无门，路修好后，还是贫困户，三家人祖传老屋分别建在三处，皆墙面裂口，屋顶漏雨，下雨用盆子接，时刻面临生命危险。

后来经过改造，老屋土墙加固，村里将每家每户外墙刷成赭黄色。屋檐下挂着红灯笼、黄澄澄的玉米、红红的干辣椒。经过改造的住房只能满足家用，不能满足旅游，更不能带来经济效益。

毛相林分析道："下庄的路修好了，县城、重庆主城和外省很多人都慕名来看绝壁天路，观赏下庄绝壁美景。客人来了，需要吃饭和住宿，大家不用出去打工，坐在家里就能赚到钱。"

杨亨双动了心，但还是犹豫，因为没有干过这事，不晓得能不能赚到钱。

毛相林又讲了巫山一处叫"三峡院子"的民宿的经验，"三峡院子"依靠民宿旅游，带动经济，做得风生水起。

杨亨双有了信心，同意参加建设农家乐。

做通了思想工作，毛相林又道："如果搞农家乐，资金有没有困难嘛？"

杨元鼎看了看杨亨双和袁堂清，道："我们自己没有这么多钱，但是亲戚朋友多，每户凑点，钱不是大问题。"

杨亨双和袁堂清也表态借点钱可以凑出建设农家乐的资金。

"那就好。"毛相林又道，"为啥子要你们合起来搞嘛，主要原因是资金问题，一家人哪里拿得出百多万来投资嘛，另一个原因是大家合在一起，抱团发展，人多力量大嘛。"

三家达成一致意见以后，毛相林帮忙联系设计施工，帮他们想办法搞建设。

2017年破土动工，当年一座建筑面积300多平方米，具有古典风

下庄村乡村旅游先行者——三合院

格的建筑落成。三家请毛相林为农家乐取名，于是毛相林取了"三合院"这个名字。

三合院建成以后，生意马马虎虎，收入一般。三家人都借了外债，生意不好，焦急如麻，想办法找客源，也做了很多努力，还是没有明显改善。

这天，吃过饭，他们坐在自家院坝里，聚在一起讨论农家乐的事情。

杨亨双提议道："我们是不是找毛支书想想办法，毛支书脑子灵活，点子多。"

袁堂清道："要得。"

老辈子杨元鼎沉稳，道："我们什么事情都麻烦毛支书，他太累了，村民的啥子事情都要管，还是自己想想办法吧。"

三个男人你一句我一句，没有讨论出结果。家里那条叫胖子的大白狗，躺在地上睡懒觉。只见它忽然从地上爬起来，摇晃着尾巴，朝着左手方向走过去。

毛相林走了过来，边走边道："怎么样，又遇到困难了吗？"

胖子颠颠地走过去，用爪子抱着毛相林的大腿。杨亨双拉过椅子，递过去，道："我们正准备找毛支书。"

毛相林坐下来，抚摸着胖子的头，道："你们的难题我都知道。"

原来三合院从建成的第一天开始，毛相林就默默关注着三合院的发展，把他们的困难看在眼里，心里比他们还着急。那天从山外来了几个游客，说他们觉得下庄这个地方风景好，空气好，没有玩够，想住几天，却没有提供住宿的地方，只好遗憾离开。听到游客抱怨，毛相林顿时有了增加收入的主意。

杨亨双着急地问道："我们现在该哪个办嘛？"

"不急嘛，听我慢慢说嘛。三合院以前主要提供吃饭，你们还可以加盖一层楼嘛。加盖一层，用来搞住宿，留住客人。"毛相林不急不慢，咂吧一口烟，讲了自己的下一步打算。

三合院的农家菜

杨元鼎脑子比较灵活，闻言眼睛一亮，道："对呀，我们怎么想不到呢。"

杨亨双和袁堂清几乎同时说道："好，这个办法好。"

毛相林道："我经常和游客聊天，有客人反映下庄的菜好，手艺一般。你们还要出去学习做菜，提升厨艺水平，不要做起菜客人说不好吃，留不住客人。"

杨亨双连忙道："要得，要得。"

"另外，我搞了一个服务、卫生规范经营标准，你们要按照规矩来。"毛相林说道。

"好的，我们也要讲究卫生，这样才能留住城里人。"袁堂清憨厚地笑了起来。

有了住宿，加上农家乐在菜品上也下了功夫，三合院从农村杂牌军变成农村正规军。以前的"三大坨"洋芋、红苕、苞谷，如今上了民宿的餐桌，成了来这里旅游的人口中的美味。柴火铁锅里烤成的洋芋，两面金黄，香味扑鼻；红苕粉煎成块，或炒老腊肉，或单炒，入口味蕾大开；地道的无公害绿色蔬菜，让你吃了还想吃。如遇时令得当，还可吃上一碗嫩玉米粥，满口的玉米清香味；要不，来一碗下庄挂面，全都是下庄人的热情与纯朴；土豆炖腊猪蹄、农家土鸡汤、凉拌蕨根粉等也是深受游客喜爱的下庄美食。

三合院的口碑传出去，生意明显好转。2018年9月开始经营，除去本钱，在2019年底每家分得2万多元。

随着经济条件改善，生活有了奔头，人们的精神面貌也发生了积极改变。杨亨双两口子原来因为家里没钱经常打架，现在富裕了，两口子再也没有打过架。杨亨双开摩托车，随时护送村民出山，能帮忙的他都会尽力去帮忙，被村民投票评为"身边好人"。

袁堂清除了农家乐外还经营桃园，为村民办手续，请挖掘机，开荒，栽树，不收取报酬，被村民评为"致富能手"。

杨元鼎、杨亨双、袁堂清三家人哪会想到有今天，三家的房子共用一个院子，墙壁与墙壁相连，走廊与走廊相通，如有客人来，看客人自己挑选住哪家的房子，全随客意。客人的吃住行，三家人共同操办。外面不知道的人，还以为他们三家是一家人。

春节的时候，三家人在一起过年。堂屋摆上了热腾腾香喷喷的农家饭，自家熏的腊猪蹄又软又炕，自家种的红苕又甜又糯，自己做的洋芋粑粑又香又脆。

袁堂清抱着双胞胎孙儿，怡然自得。

杨亨双道："这样好呀，在家搞民宿，不用出去赚钱太辛苦，还可以照顾老的小的。"

杨元鼎笑道："你当初还不同意合伙搞啊。"

杨亨双不好意思地道："不说那些了。"

前人修路，后人享福，他们没想到，这么快就享福了。

吃的穿的用的都很丰足。杨亨双说原来地主都没吃这么好。以前帮忙，在外头吃点肉就觉得很好了，现在每天都有肉吃，炒碗肉端上桌，几顿都没人吃。现在扔掉的旧衣服比以前出门走亲戚时穿的衣服还好。

三合院干净卫生的住宿

2019年，杨亨双和杨元鼎家里没有喂猪，准备到村民家里买。他们说各人买村里的猪吃放心，都是喂红苕、苞谷、洋芋，从不喂饲料，猪肉好吃。

三合院的建立打破了传统，树立了典型，这正是毛相林想要的效果。在建三合院之初，毛相林已经有了一个大的规划，他要建成一个院子，成为老下庄的民宿样板，说是样板，也可以说是一块试验田。他想借这块试验田，打造老下庄的乡村旅游示范村，让老下庄人坐在家里也可吃上旅游饭，走上致富路，奔向小康景。

看到三合院给三家人带来的变化，袁孝恩跃跃欲试，重新修整自家的现有房子，把上中下层共8间房进行改造，楼上用来做客房，外面搭个厨房，也搞农家乐。

袁孝恩曾经是二队队长，也是下庄修路的功臣。他不幸患脑溢血导致偏瘫，大儿子是聋人，大孙子读大学。由于家庭困难，他家被评为贫困户。

袁孝恩生病以后，家里洗衣服、喂猪、煮饭、种庄稼，里里外外全靠

从左至右：杨亨双、杨元鼎、袁堂清

杨元春一人支撑。袁孝恩有股下庄汉子的硬气，不愿意拉国家的后腿，也不愿意仅仅靠妻子一人支撑家庭。每年点麦子，窖（种）洋芋，栽红苕，足够家人吃。他家搞了农家乐以后，田土的出产变成了游客的美食。在家里年收入达到1.2万元后，硬气的袁孝恩主动要求摘掉贫困户帽子。

当前已建成13栋民宿，迎八方来客。

下庄的农家乐能搞起来，除了村民们努力以外，政府的帮扶也起了很大作用。

建三合院农家乐，政府给每户补助2.5万元，三户共补助7.5万元。2019年，当地政府投入120万元，建立老下庄贫困户安置点。帮助下庄村实施传统村落改造计划，将91栋122户村民的老土房改造成传统村落，风貌统一，更具乡村风味。2020年上半年三合院加第三层，投资10余万元。政府追加补贴每家8000余元。政府总共补助10余万元。

村民脱贫致富的强烈意愿加上政府的支持，共同构成下庄村村民走上小康路的发动机。

六、下庄品牌下庄面

刘崇凤的家坐落在下庄的西面，家门前，屋檐下的走廊，外面几百平方米的院坝，全都用来晾晒挂面。

院坝竖着近十根大碗口粗圆木，钉牢在地里，一根被剖开成长方形的粗口原木横架在竖立的木头上。

透过丝丝挂面，放眼望出去，前面是绝壁大山，苍茫如硬汉。雨天，山顶云雾氤氲，雨雾逐渐扩散开来，在眼前飘荡，伸手可触。

挂面呈土黄色，排列整齐地晾在细竹棍上。面细丝垂髫，以山为背景，给苍凉的大山平添几许柔情。

"好香哦！"毛相林道。

刘崇凤不知毛相林什么时候走进的屋子。"是呀，不管哪个走进这个屋子，都说香。"他笑着，神情有些得意。

满屋飘着小麦香，这就是下庄小麦的特点。老品种小麦是下庄的特产，可以收割两季。下庄小麦做出来的面条比别处的更香，更有筋道。刘崇凤对下庄面深有感情，外面麦子不好，他宁肯不做面，也不要别处的麦子。正如下庄人吃惯了下庄面，不愿吃别处的面条。

"来，我帮你推麦子。"毛相林说。

"毛支书你都忙不赢，我搞得过来。"刘崇凤说着把一筐麦子倒进机器里。

"还早，我帮你推嘛。"毛相林说。

毛相林经常来刘崇凤家里，帮他做面，闭着眼他都能说出堂屋的几台机器是用来干啥子的。把麦子倒进脱壳机，脱去麦子壳，然后筛灰尘，用钢磨把麦子磨成粉，最后用和面机和面，切面。

100 斤麦子，推 3 ~ 4 次，差不多一个半小时，去壳几分钟。后面的时间花得长一些，做面 2 小时，晾晒 2 小时，切面半小时。切面有三种：宽刀面、二刀面和细刀面。

如果天下雨的话，面晾 2 小时还不得行，要晾几天才干。

村民背麦子来，他收加工费，每斤 7 毛。他提供场所、技术，负责包装，百斤麦子能出 80 斤面。

他每年做万斤面，除去水电费、机器磨损费，年利润 5000 元。

毛相林道："下庄就你一家做面，你做几十年了，是不是可以考虑叫你儿子回来做呢？"

刘崇凤转过身，道："他不得干，找不到钱。"

刘崇凤 20 世纪 70 年代开始做面，家里的面条机是去巫山县城买的，也是下庄最早的现代化机器。那时路不通，运回家来的时候很困难，拆分成十几坨，往返十多次才全部背回来，为此前后折腾了大半年。后来机器零件坏了，他自己从骡坪买来更换。

路不好时，没有人来做面。他种庄稼，栽红苕，窖洋芋，种柑橘，种西瓜。2019 年卖西瓜挣了 5000 元，3 亩柑橘挣了 2000 多元。他加入了合作社，交给合作社来卖柑橘。

路修好以后，挂面生意好了，产量增加了 80%。每年 8、9 月做面是旺季。眼看天就要冷了，高山下雪，水冷，没办法做面。

刘崇凤问毛支书："你有啥子想法嘛？"

毛相林说："我有些新的思路，政府重视下庄发展，以后的规划要打造下庄面，你也好好想想，不要让你这个技术失传了嘛。"

"是啊。"刘崇凤应着。他也想把这项技术传下去，可现在没有人愿意做这个。

对于下庄面的发展，毛相林在心里已经有了想法，趁着脱贫攻坚，政府支持正是发展下庄面的机会。开办加工厂，把村里的年轻人组织起来，学习做面。

下庄品牌下庄面

　　刘崇凤又高兴又失落。他家祖辈在下庄做面条，已经做成下庄的品牌，高兴的是这项手艺可以世代传承下去。家族上辈传下来的手艺，在自己的手里终止，他的心绪有些不安。

　　毛相林开导他，道："下庄面以后要包装，要做大，你还是下庄面品牌创立第一人嘛。"

　　刘崇凤道："那倒不打紧，只是包装价格高不高嘛？"

　　毛相林道："你放心，价钱不会高的，要让游客吃到下庄面，又要买得起。"

　　"那还差不多。"刘崇凤道。

　　细密的面条散发清香，远山隐现在面条背后。从刘崇凤家里出来，毛相林忽然感觉到，面条千万，就是眼前的大道。

七、脱贫要靠自己干

杨亨武爸妈生病，他家因病致贫，被评为贫困户。杨亨武是毛相林的帮扶对象。

1977 年出生的杨亨武小学没毕业便辍学在家，帮家里做工。他 15 岁时走南闯北，到外地多处打工，到重庆、海南做建筑，挑砖，到广东塑料模具厂做工，到新疆开塔吊。2020 年他妈妈离世，父亲又生病，需要照顾，他便回到家里，没有再出去。

杨亨武刚回来，毛相林到他家，问他以后有啥打算。杨亨武看起来木讷、散漫，摇头说没有啥子考虑。

平时杨亨武和他老父在家，屋里没有其他人。老屋是土墙，村里统一粉刷成土黄色。屋里光线较暗，椅子和桌上落有灰层。

毛相林看看屋子，道："你也该考虑一下个人问题了。"

"没得合适的嘛。"杨亨武懒懒地说。

"你以前到处走，都没有碰到一个合适的？家里没有一个女人啷个得行嘛？"毛相林道："你勤快点嘛，脱贫致富了，哪里会没得女人嫁给你嘛。"

杨亨武道："毛支书，找老婆要靠缘分啊。"

毛相林道："我们下庄的男人哪有找不到女人的嘛？"

杨亨武不语。以前路没修好，外面的女人都愿意嫁到下庄来，现在路修好了，下庄的男人讨老婆更是没得问题。

毛相林道："你既然回来了，把你爸爸照顾好，你老子 80 多岁的人了，不容易啊，要靠你照顾。先种点土豆、红苕自己吃。"

毛相林一席话，很温暖，毛支书像父亲一样，杨亨武眼睛红了。

"另外村里有些小工，我给他们说说，你可以去做做啥。"毛相林道。

"做些啥子嘛？"杨亨武问。

"你以前做过的嘛，工地上的一些修缮。"毛相林道。

杨亨武不说话。

见杨亨武这个态度，毛相林有点着急，说："你做不做嘛？表个态嘛。"

"做嘛。"杨亨武不紧不慢地道。

"那不就得了嘛。"毛相林又道，"你种点柑橘嘛，这几天正是栽苗的时候。柑橘可以卖点钱，增加点收入嘛。"

杨亨武望着毛相林，还是不语。

"你倒是说说嘛，种还是不种？"

"要种。"杨亨武道，"哪个种嘛？我没有种过柑橘，搞不来。"

"不会就学嘛。"毛相林道，"你参加合作社嘛，有人会帮你的，有空你来愚公讲堂听课学习。"

说罢，毛相林转身从杨亨武家里出来，到隔壁致富能手刘恒武家里了解情况。

一周后，毛相林从陈列室出来，碰上杨亨武骑着摩托往外赶，他叫住杨亨武，通知他到村里工地去做工。杨亨武放缓速度，道："好嘛。"

说完踩油门继续赶路。

毛相林叫他停住，道："你慌啥子嘛，我还有事跟你说。"

"啥子事嘛？"杨亨武问。他踩下刹车，毛相林走过去。

毛相林问："你去买柑橘苗没有？"

杨亨武道："还没有。"

"说动你就要动啥。"毛相林急了，抬高声音道，"你再不搞的话，把土地收转来，我找人来搞。"

毛相林把杨亨武当作自己的儿子那样对待，有话直说。杨亨武一个人收入万多元，生活是没有问题的，而他爸爸没劳动力，他跟他爸爸扯平，收入只有五六千元。毛相林相信杨亨武有的是力气，只要他勤快，他家的日子就会好过。

见毛支书发火了，杨亨武道："好，我干。"毛相林是长辈，杨亨武不太敢争辩，他说啷个搞就啷个搞。

说完，发动摩托，身后发出"呲、呲"声响，一溜烟消失在拐角处。毛相林本来打算跟杨亨武多说几句，杨亨武怕被他骂，溜之大吉。

在毛相林的催促下，杨亨武种下了4亩地，共160棵柑橘树。毛相林实在不放心杨亨武，有一天忙完了事，到他的地里查看，问他打药没有。

杨亨武回答道："没有。"

毛相林抬高嗓门道："不打药啷个得行嘛。"

毛相林晓得杨亨武性格孤僻，看起绵软，其实犟得很，就不愿意施肥打药，劝他三次，说不通。

这次，毛相林来到地里问情况，杨亨武还是坚持不打药施肥。毛相林

改造后的下庄民居风貌

冒火了，道："看你哪个扯，我跟你说的路你不走，你跟我歪起，你搞穷了不是我把你搞穷的。"

说罢，毛相林转身离去。

杨亨武大哥来看他，见到毛相林生气，问明情况，他大哥批评杨亨武不听话。

大哥道："你搞忘了，5年前我们两个到新疆去打工，妈妈在家晕倒，是毛支书和乡亲们送妈去医院看病的。"

杨亨武道："我不得搞忘，我们回来后，听医生说全靠送去及时，要是晚点妈就没命了。"

杨亨武从心底感激毛支书，他想感激不一定啥子都要听，还是懒散的样子。那日无事，听说愚公讲堂讲柑橘病虫害防治，吃过晚饭他也去听课。课堂内容引起了杨亨武的兴趣。他按照老师说的方法防治柑橘病虫害，腊月栽苗、浇水，冬月打药，防治红蜘蛛、蚂蚁、枯叶症，6月中旬到9月，防治大蜂子。柑橘果然长势良好。

沿着下庄村唯一的一条水泥路往下走，就到了后溪河。炎夏河水清凉，走累了，掬一捧河水洗脸，沁人心脾。清澈的水面氤氲着原始的香气，林深处鸟鸣清脆，溪谷两侧细叶翠绿。

下庄人修的天路解决了村民的出行和生活问题，因路宽不够，过不了大客车，政府正规划从谷底往上修一条路。在村民大会上，毛相林告诉了大家这个消息，村民们很兴奋。会上，毛支书还表扬了杨亨武肯学习，变勤快了。

杨亨武听了毛支书的话，柑橘种得好，卖了三四千元。到村里打工，每天200元，小工活路赚了一两万元，日子越过越有盼头。

杨亨武道："脱贫靠自己嘛，政府扶持再多，各人不做，也没用。"

"这样想就对了。"毛相林脸上露出满意的神情。

世界上本没有路，因为有了筑路人，就有了路。毛相林坚信，下庄人能在绝壁上凿出天路，能在全乡率先脱贫，就一定能在乡村振兴的道路上干出名堂来！

下庄人的幸福笑脸

  毛相林报出下庄村脱贫攻坚的成绩：

  2015 年下庄村率先在全县完成整村脱贫，人均收入 4000 元。全村共种植柑橘 650 亩，辅以几百亩西瓜、小麦、脆李、南瓜。村里还配套开设了厂房，加工麻油和麦子面条，形成了以瓜果为主，多种产业共同发展的农业产业格局。在政府支持下，毛相林带领村民"抱团儿"建立合作社，不再满足一家一户零散种植，开始把果蔬种植产业化，这样，运输和销售都不用操心，直接有专门的货车来拉。

  2016—2018 年，陆续争取国家资金，引进项目：打沟、建陈列室、道路整改，本地劳务收入 20 万～30 万元。整体收入：在家 80 万元，外出务工近 200 万元；2018 年以来治蛆柑，成立合作社，套种桃子、核桃，种西瓜，办产业。

2019 年水果、劳务输出几十万元，实现整村稳定脱贫，村民人均可支配收入 12670 元。

毛相林忙碌的身影在村里穿梭。看到毛支书来了，村民心里很踏实。随处可见下庄人在田间埋头苦干，不少村民家门口停着各式的摩托车、小皮卡，还有邻村村民开着摩托专门拉着小鸡仔、小鹅仔来往穿梭叫卖。

下庄村一派繁荣兴盛的景象。

（本章撰写：王福梅）

第四章
文明兴村

　　毛相林带领下庄人修了一条天路，也带领下庄人走出了一条致富之路。其实，毛相林更带领下庄人闯出了一条心灵之路。这条路，看不见，摸不着，但真实地镌刻在下庄人的心上。沿着这条路，毛相林和下庄村村民，走出了精神，走出了自信，走出了下庄人的风采，走出了新时代的幸福、和谐……

—— 题记

一、省吃俭用为孩子

"公公！"龙云刚想喊公公多吃点，但毛相林矮小的身影已经消失在坎下……

堂屋八仙桌上，静静地搁着一碗面条，面条还没有吃到 1/3，像鸡刨了一样，显得张扬、凌乱。近年来，公公背逐渐驼了，原本矮小的身子显得更加矮小，白发也添了不少，和同龄人比起来，苍老了很多，想到这里，一阵酸楚涌上心来。龙云嫁到毛家已经 6 年了，对这个公公既有些怕，又很敬重，特别是对他身上干事的那股韧劲，更是佩服不已。

"小龙，我要去重庆培训，结束后再去北京参加领奖，要耽搁一阵子

毛相林一件衣服穿了七八年

才能回来，明早就走，屋头的事情，你和毛连军商量着办，多担当一点！"昨晚吃了晚饭后，龙云正在给两个娃娃洗漱，毛相林向她说道。这几天，丈夫毛连军忙着在巫山县城参加柑橘培训，婆婆生病还在骡坪镇上住院，奶奶年纪也大了，家里的事毛相林只有交代给儿媳妇龙云了。一大早，龙云就起来刷锅生火，烧水给煮了一碗白菜面条，毛相林三口两口挑了几夹，就没有心思吃了。

昨晚一宿，毛相林内心翻江倒海，无法入睡。

晚上10点过，突然接到县委宣传部刘主任的电话，让今天务必赶到重庆参加培训，17日要到北京去领奖。掐指一算，今天才9月26日，到10月17日，还有20多天，顿时，毛相林感到头都大了。电话里，毛相林几次请求刘主任，说村里事情多，不去行不？刘主任说："那怎么行？你的事迹要向全国报道，让更多人学习下庄脱贫经验和你的修路精神，必须去，这是政治任务。"

昨天一大早，天还没亮，毛相林就赶到奉节草坪，开票、交钱、联系货车，忙到下午3点过饿着肚皮才拉回来10吨化肥，下庄柑橘合作社共种了650亩、近3000棵纽荷尔柑橘，合作社收取社员每棵柑橘4元钱，买化肥都还不够，还要凑钱，才能把差的10多吨化肥拉回来。原本计划今天上午召开院坝会议，怎么办，只有再想办法。

母亲80多岁了，脊椎弯曲得像一张弓，走路时，显得非常吃力。早上起来的时候，看见老人家端了把凳子，在阶沿上刮洗红苕皮。一大堆红苕，像山一样，已经淹没了弓着身子的母亲，只露出一个白发苍苍的脑袋在那里晃荡。想到母亲这么多年来受的苦，还有她满身又痒又痛的疮，毛相林的心情变得沉重起来。好几次都说要带母亲去看身上的疮，母亲老是说要花钱，一再推托，而毛相林也因这样那样的事给耽误了。

妻子生病住院，也不能照顾，这一去就耽搁20多天，更照顾不到了。

10多年来，妻子王祥英患有严重的神经官能症，发酸、厌食、恶心、呕吐。有时由于过度紧张，还伴着头痛。更要命的是，妻子还患有脑血管堵塞，这病不能吃消炎药，只能输液。如果毛相林在身边，痛得不能忍受的时候，还可以帮忙揉一揉太阳穴，安抚一下。这几天不要说去看她，连电话都没有打两个。一想到妻子，毛相林就很愧疚，觉得对不住她。

其实，王祥英一个人在骡坪住院的时候，毛相林问她病情如何，王祥英都是瞒着他，怕影响他的工作，撒谎说病好些了，能够吃饭了。特别是毛相林要背一些演讲稿，年纪大了，记忆力不好，加上工作又多，背不到，很多时候，王祥英就一个人独自承受了。

想到家里、村头，大大小小的事情一大堆，毛相林脑袋有些转不过来了。

但无论如何，看孩子才是大事，必须先把这个事情办了。他们盼望着呢！

这几天毛相林有点儿小感冒，他点燃一支烟，接连咳嗽了几下，狠狠地吸了一口，包里揣着前几天在骡坪取的 1200 元钱，摸了摸，实打实地，还在。他甩开步子向袁孝恩家走去，背后龙云的喊声，他一点儿也没有听见……

钱是奖励给大学生的。每年开学，毛相林都会奖励下庄考上大学的孩子。

2020 年下庄共考上四个大学生。刘时琼的女儿杨梅考到了铜梁，王先翠的女儿陶骥考到了广西，袁孝恩的孙子袁青海考到了永川，王先军的儿子王宋明考到了涪陵。这么多年来，哪家孩子叫什么名字，在哪儿读书，成绩如何，毛相林都记得清清楚楚。

在毛相林心底，对下庄能考上大学的孩子，一直都很羡慕，觉得孩子们都很了不起。回忆起自己的童年，毛相林感慨万千，唏嘘不已。

毛相林的童年是在饥饿中度过的。

山里长的植物，如野葡萄叶、婆婆针的花等，只要勉强能吃的东西他都会采来吃。干油菜叶、干苕藤、干黄豆叶算是比较好的食物。山里的水冬瓜树皮几乎被挖光，背回来的水冬瓜树皮用木棒捶松，剔去柴筋，肉质皮经水反复漂洗去除异味，然后撒一点苞谷面蒸熟当饭吃。就这样吃着山里所有能吃的东西活下来，慢慢长大的毛相林，心里不自觉长出了一颗对下庄的山山水水、庄稼草木感恩的心。下庄，那是他的命根所在。6岁在下庄小学读书，懂事的他心思却放在了家里。父亲患支气管炎不能干重活，四个弟妹还是小孩，一家老小全靠母亲一个人劳动。母亲在集体劳动中努力挣工分，另外还要喂两头猪，一头可以在集体挣1200个工分，另一头是一家人一年的油水。但这些收入根本不够养活全家人。凭母亲一个人的劳作，不管怎么努力，每年都还是"倒找户"。生活的艰辛，让毛相林从小就怀揣一份责任，希望自己快快长大，好参加集体劳动，多挣工分，摆脱"倒找户"的帽子。

一天天长大的毛相林，逐渐成为家里的半劳动力了。

在下庄读村小时，毛相林早晚要帮母亲干农活，学习不能全力以赴。由于他天资聪颖，小学毕业时顺利地考上了竹贤乡小学帽子班，寄宿在亲戚家，周末回家背一个星期的口粮。家里不管有多困难，母亲都会想尽一切办法给他准备足够的粮食。母亲宁愿自己挨饿，也不能让孩子在外面饥不果腹。孩子去上学的头天晚上，母亲将红苕、洋芋、一小袋苞谷面、几个咸菜罐收拾好，装在背篓里。第二天天未亮，母亲就早早起床，生火熬好苞谷面糊糊，然后叫醒孩子，让孩子吃过早饭准备出发。

毛相林母亲

天刚麻麻亮，毛相林与村里其他几个同学相邀一起出发。每一个小朋友都背着二三十斤，攀爬在绝壁上的羊肠小道。爬到头墩子，太阳在崖顶闪光，而脚下的村子还隐在凌晨的云雾中。山雀叽叽喳喳的叫声，响亮地回荡在山谷里，旁边崖壁上的黄猴子，摇晃着攀上伸向空中的树枝，发出威胁刺耳的声音，在树枝与明晃晃的岩石之间窜来窜去。哪怕是猴子，也有不小心掉下崖底摔死的。虽有些害怕，但小朋友们已经习惯了与猴子和各种野生动物相处。在头墩子稍微休息后又继续爬坡，路越走越险，走过几十道拐，终于来到二墩子。孩子们迫不及待地放下背篓，坐在石礅子上喘着粗气，汗水将衣服浸湿，热气在红扑扑的脸蛋上蒸发着，太阳从崖顶直射下来，将孩子们的脸照得通红发亮。歇好了，背起背篓继续走，但前进的速度明显慢了下来。有几个体力不支的孩子每拐一个之字弯就要歇一下，背篓越来越沉，路越来越险，脚步越来越慢。终于艰难地爬上了三块石，放下背篓，那几个弱小一点的孩子，因为太累，已经是眼泪汪汪，口里念叨着，不想读这个狗屁书了。在三块石的古树下，孩子们又哭又抱怨，但口粮还得自己背，路还得继续走。毛相林虽然也非常地疲累，但他从不哭。他要读书，要学文化，学成本事，才能回家担起作为长子的责任，改变家庭贫穷的现状，把母亲从繁重的劳动中解放出来。

时间匆匆流逝，毛相林在帽子班读书已经一年多时间，这时候父亲突然病情加重，卧床不起。母亲的负担越来越重，每天凌晨起床去崖上砍柴，尽量找稍微近点的地方，还要动作麻利，才能够早点回家服侍病人，煮早饭，喂猪。做完这一切，紧接着下地干农活挣 8 个工分，一家老小 7 口人的生活重担更重地压在了母亲肩上。父亲看在眼里，急在心里，提出将大儿子毛相林喊回家帮衬。母亲坚决反对，说无论如何也要让娃娃多读点书。父亲说现在家里这个情况，你累死了也做不出来，更不要说养活一大家人。叫儿子回来，一家人至少可以先活下来。就这样，为了生活，毛相林只能中途辍学回家帮衬母亲。从此，毛相林离开了学校……

毛相林认识到，正是因为自己早年辍学，没多少文化，在后来的很多方面走了弯路，吃了亏。

当年修路的时候，不懂科学，浪费了不少财力物力，在鸡冠梁下修了一里多路，后来才发现坡度太高，车爬不上来，不得不重新修；为发展经济，村里栽种漆树，但村民皮肤沾上漆后，又肿又痒，不得不砍掉漆树；种植桑树养蚕，不懂气候，蚕子全部热死了；种植烤烟，不懂干湿季节的转换，烤烟全部脆成了粉；种植纽荷尔柑橘，看到挂果子快要成熟卖成票儿了，结果呢，打药不到位，全是蛆柑，吃不得，不得不全部摘下来，打药后装进口袋里进行密封、填埋……吃了这些哑巴亏后，想到自己辍学的事，毛相林就特别重视和关心孩子们，天大的事情也不能耽误孩子们上学。

下了几天雨的下庄终于放晴了，朝霞从后面山崖上投射下来，照在对面回龙观上，山崖显得明丽，连长在上面厚实的青苔都看得清清楚楚；鸟儿在毛相林头上翻飞，叽叽喳喳，嬉戏追逐，它们不知道毛相林的心思。清晨的下庄，显得格外喧闹……

"毛支书！坐！坐！他爷吔，毛支书来了呢！"看见毛相林这么早就来到院坝，坎下袁孝恩的老婆杨元春赶紧把手中的碗搁在院坝中间的八仙桌上，顺手抹了一把板凳，同时向屋头喊起来。面条还没动，正冒着热气，几粒葱花撒在上面，比面条还诱人。

"这么早，毛支书！"袁孝恩拄着一根拐杖，从屋内向院坝一拐一拐走出来。

"娃儿要开学了，我来看看娃娃！在屋头没得！"毛相林边说边弓腰把板凳顺了过来，在袁孝恩的对面坐了下来。

"在的！在的！"杨元春回答道，话还没说完，就跑了进去。紧接着，"海儿！海儿！"的声音从楼道里传来。几分钟后，一个高高的、帅气的、满身阳光的小伙子站立在毛相林面前。

"爷爷好！"这个孩子就是袁青海，是袁孝恩大儿子袁堂山的儿子。

"不简单！考上了大学，为我们下庄争光了！这是300元钱，爷爷给你，表达一点心意，到学校买点学习用具！"毛相林站起来，从1200元钱中，数出了三张。

"赶紧谢谢爷爷！"杨元春、袁孝恩脸上都笑开了花。

"谢谢爷爷！"孩子显得很开心，也谢得真诚。

在下庄，毛相林对袁孝恩这一家子特别敬重。

袁孝恩是一个能干人。当年在下庄火纸厂任厂长，还当过下庄的记分员、出纳员、保管员，修路的时候是二组组长，带领组员，干得非常出色，遗憾的是老年得了一个右边偏瘫。但袁孝恩不服输，每天下午，他一个人都会拄着拐杖，走到坡上陈列室去锻炼，那里有两台健身器。这次村上要扩大农家乐规模，他们也报了名。老婆杨元春也是一个能干人，年轻时漂亮，是下庄的一大美女，家里除了窖土豆、栽红苕、种苞谷外，还喂了两头毛猪，种植了柑橘、西瓜。

除了敬重他们"人穷志不穷"，更让毛相林敬重的是，在袁孝恩大儿子袁堂山1岁时，由于出下庄的天路还没修，孩子发高烧没得到及时医治，成了哑巴。后来娶了一个媳妇，生了两个孩子。在袁青海5岁时，媳妇抛弃袁堂山和老小离开了，但一家人并没有悲观，反而把两个孩子养得健健康康，如今大孙子考上了大学，听说上高中的二孙子成绩也不错。

"好好学习，海儿！学成后，回到下庄，家乡需要你们！"毛相林拍了拍孩子的手臂，鼓励起来。

"你们真不容易啊！"毛相林站起来，用力握了握袁孝恩伸出来的左手。

"好好培养，一定要把孩子培养出来！经济上有问题，我们可以一起想办法，千万不要耽误孩子学习！"毛相林说得很诚恳。

记得2012年9月初，村上彭仁松的儿子彭淦考上了大学，学费要缴6000多元，凑不够，还差1000元。彭仁松像热锅上的蚂蚁，孩子呢，急得在屋头直哭。最后彭仁松找到毛相林，说明情况，毛相林一听，爽爽快快就答应了，还向彭仁松说："哪怕我自己没有，我都会想法给你去借，孩子读书是第一位的。"一年后，彭仁松去还钱时，毛相林说："不必忙！忙么子呢！"正是为了感谢毛相林当年的帮助，彭淦大学毕业后，回到了下庄小学校，当了一名老师。后来，下庄的孩子们，哪家学费凑不够，首先想到的都是毛相林。毛相林自己没得呢，厚着脸皮到乡上、镇上到处去借，也要帮他们把孩子送到学校。

看完最后一个大学生，毛相林显得一身轻松，脚步加快了一些……

从脱贫户王先翠家爬上来，毛相林身子有点发热，脱掉了早上起床刚刚换的、穿了五年多、洗得发白的蓝色西服，攥在手中。毛相林在石头上磕了磕皮鞋上的泥土，磕不掉，就顺手掰断旁边李子树上的树枝，刮起来。这双皮鞋穿了整整10年，变形了，皱褶一片，后跟磨颓了，下大雨都要浸水。妻子王祥英唠叨了几次，叫买一双，毛相林都舍不得。而她自己除了看病，几乎就没有去过县城，王祥英坐车晕车，有几次叫她去县城，她都不去，去了也打不到东南西北，所以，毛相林的衣服，都是他自己买。在村里孩子们面前，毛相林手松，显得"阔绰"，但在自己和家人面前，毛相林一向苛刻，手紧。

过年过节，全家好几年都没有买过新衣服了。王祥英和母亲的衣服，几乎都是娘家屋头的姊妹送的。每次毛相林去重庆开会或者是参加培训，由于晚饭吃的是工作餐，下午5点吃饭，吃得早，不习惯，到了晚上10点过，肚子就叽里咕噜地叫，王祥英叫他买点零食、牛奶充饥，或者到外面去吃点夜宵，毛相林都忍住了，住在宾馆饿得实在睡不着，就起来学习文件，背演讲稿……

在下庄，毛相林记不得奖励了多少孩子，从省吃俭用中，拿出了多少个1200元。

下庄人爱吃面条，面条都是自己家的麦子背到面坊刘崇凤那里做的。按照下庄面条价格7元钱一斤计算，一碗面条二两，成本在1.5元，毛相林今天看望孩子给出的1200元，他可以吃800多天的早餐……

二、拆庙修学校

"起来！不愿做奴隶的人们！"学校坝子里那面鲜艳的红旗在晨风中高高飘扬着，国歌在下庄响起，扩散开去，淹没了下庄的喧嚣……

今天周一，学校照例要唱国歌、升国旗。看见张泽燕和彭淦两位老师带领孩子们已在国旗下唱起了国歌，正在柑橘地里查看柑橘的毛相林赶紧套上衣服，整了整里面领子已经裂口的蓝白格子衬衫，抹了一把头发，小步跑到操场，庄严地跟着唱了起来，歌声如潮，将毛相林拉回当时拆庙修学校的那些场景……

老一辈下庄人都知道，在 1995 年春季之前，下庄唯一的小学是

原下庄小学

由一间土墙修建的保管室改造的。由于年份久了，条件非常简陋，三四个年级、几十个孩子坐在一起上课拥挤不说，土墙四周都裂开了口子，楼顶补了又补。遇上下雨天，雨水唰唰地滴落下来，老师们不得不拿来水桶、盆子接住，一边是滴滴答答的滴水声，一边是老师的讲课声，孩子们根本就不能安心上课；特别是保管室的右边墙壁最高处，竹子糊的泥巴墙破裂出一个大洞，一到冬天，大山的风像刀片一样直直地灌进来。更让毛相林担心的是，说不定哪天下大雨，吹大风，房屋就倒塌下来，严重威胁着老师和孩子们的生命安全。毛相林急了，"再穷也不能穷教育啊"！他号召全村人一起，开始修学校。

让毛相林没有想到的是说起很简单，一旦实施起来，却很难了。

第二天，毛相林带领当时的村会计杨元鼎和驻村干部方四财到学校周围一看，竟然找不到地方修。因为按照规划，新修学校至少要修五间，而且还要平一个坝子出来，否则孩子们下课没有活动的地方。学校前面住的是一位五保户，后面是下庄村的泰山庙。要修学校，五保户重新安置，这个没有问题，但难就难在必须拆庙子。拆庙子可不是小事情。那可是下庄100多年的老庙子，下庄人祖祖辈辈都在那里供奉菩萨啊！怎么办？开村民大会。当天晚上，毛相林召集大家在家门口开院坝会。大家七嘴八舌，会议开得不是很成功，有的同意有的不同意。老一辈村民说下庄风水好，种么子出么子，就是自然灾荒三年也没有饿死人，全靠庙子里面的泰山菩萨保佑；有村民说，不修学校怎么办，孩子们要读书，不读书个个都是文盲，要不得，要修。下庄遇到什么事，包括后面的修天路、成立柑橘合作社、桃园合作社等，不是谁说了算，都是以民主的方式，开院坝会，大家举手表决。修学校就是大家举手表决，勉强通过！大家态度不够坚决，但毛相林坚决，最后，只见毛相林大手一挥，"搞！"院坝里才响起热烈的掌声。

但是拿什么修呢？下庄是一口"井"，出"井"的路只有一条，山上山下海拔落差1100多米，要爬108道之字拐，出去一趟要几天，到外面去买物资不现实，连想都不敢想，而且大家经济都不宽裕，村里也拿不出钱来，一切只有靠自己。于是毛相林发动大家，全部自力更生，没有的材料，我们自己搞！石匠打石头，瓦匠做瓦，泥工筑墙，木匠做木活，没有手艺的，出工；既不能出工也不能出手艺的，烧瓦要柴火，盖房子要檩子、橡子，就出柴火、出树木。按照人头，谁出什么，出多少，等毛相林把这些规划得规规矩矩的时候，一轮红日突破浓雾，从后山升了起来。

修学校，像一场战斗在下庄打响了。下庄的孩子们个个欢天喜地，奔走相告，有新学校念书啦；老师们也兴奋着，奋笔疾书，加紧备课，要把修学校耽误的课程补上去；村民们个个摩拳擦掌，要大干一场。当夜，下庄无眠！

一切准备妥当之后，村民们带着梯子、铁锹、砍刀、榔头、铁锤、錾子等工具涌向学校，就要准备动手拆庙。正在这时，只听见一个凄厉的哭声划破下庄："拆不得啊！拆不得啊！"大家扭头一看，只见村里年龄最长、辈分最高的杨姑婆踮着一双小脚，头缠一块青布头巾，左手挥舞着，右手拄着一根拐杖，弓着腰，摇摇曳曳，一步一步踮过来！"唰"的一下，人群如潮水一样，让出一条大道来，喧闹的人群也一下子安静下来。只见泰山庙里香火袅袅，神秘肃穆，人们像是被什么神力牵绊着一样，止步不动，谁也不敢上房拆庙了。

空气在刹那间凝固了！

怎么办？大家都不敢动！

看见这个情景，毛相林大踏步走出人群，来到杨姑婆面前，轻轻说道："老辈子，为了后人读书，我们要修学校，所以要拆庙子！您放心，我们会给菩萨安顿好的！"紧接着，毛相林燃起三炷香，向庙里泰山菩萨、山王菩萨分别作了三个揖，然后说道："得罪了，菩萨！我们会给你们搬家的！我毛相林说话算数！"说完，毛相林脱下外套，往地上顺手一扔，一手提起铁锹，一手抓住梯子，三步并作两步爬上庙顶。只见他大吼一声，举起铁锹，显得大气磅礴，用力将庙顶的烂瓦往后面阳沟掀翻下去……

看见毛相林开始掀瓦了，人群骚动起来。紧跟着，村文书杨元鼎爬上了庙顶，驻村干部方四财上去了，村民毛相斌上去了。最后，大家都被毛

相林的气势震撼了，男人们提起手中的工具，有的爬上庙顶揭瓦剔板，有的冲进庙里搬移菩萨。妇女们赶紧把杨姑婆搀扶到一边，全村上下，热火朝天地拆起庙子来……

经过全村上下的奋战，不到四个月，一座崭新的学校修建好了。

当五星红旗在宽阔的带着新鲜泥土芬芳的操场上升起的时候，整个下庄突然间显得开阔，不再是四壁皆山了。一夜之间，下庄人的思维也跟着开阔起来，下庄的明天有希望了。最后，在毛相林的建议下，把原先泰山庙迁移到了后山岩洞，也不再被风吹雨打了。遇上过年过节，乡亲们也去烧香拜佛，祈求平安，杨姑婆等老一辈看见后，也是老泪纵横，欢喜不已。

从此，下庄有了自己真正的学校，孩子们琅琅的读书声，划破山崖，向外飘荡……

而毛相林呢，每学期期中、期末考试都要到学校监考，还要给孩子们讲政治课；对每一届毕业的孩子，毛相林都要给他们搞毕业晚会。每次开会出去了几天，回到下庄，一丢下包，就要去学校看望孩子们。

慢慢地，随着2004年天路通了之后，看着越来越多的孩子走出大山，走进大城市，彻彻底底通过上学改变了命运，毛相林高兴之余，对下庄的

孩子们在崭新的教室里认真学习

教育也有了新的期待。他深知下庄的振兴需要后代年轻人来接棒，他希望孩子们能够学成归来。科技兴国，重教兴村，毛相林一直铭记在心底……

在毛相林的带领下，2015年下庄全村整体脱贫。看见家乡脱贫了，中专毕业的王首石回到下庄，买了一辆货车跑起货来，村里老人上骡坪买东西，小孩上学读书，抬脚就上车。拉化肥，送柑橘，送西瓜，卖肥猪，一个电话打过去，车子开到院坝头，王首石成了村里的专职司机；村民杨亨军也回来了，他成立了秀葱农业专业合作社，管理下庄的桃园，还在林下套种西瓜，摸索起新的创收门路；大学生彭淦回来了，走上讲台成为一名教师，为山区孩子播下希望的种子；儿子毛连军大学毕业后，放弃了留在上海工作的机会，也主动回来了，参与旅游环线建设，还当了一名柑橘技术员，下庄后继有人……

三、村官能断家务事

在下庄，毛相林处理民事纠纷，一年几十次，像婆媳不和、夫妻闹矛盾，邻居之间为鸡子牲口、田边地角等小事扯皮。这两年下庄整体思路变了，都在搞经济、搞建设，纠纷就少多了。但不管什么事，在毛相林看来，群众没有小事。

进入秋天的下庄，远山黛黑、厚实，天空显得特别高远，沿着天路往下庄的沟里，三角梅一路芬芳，灿烂地开着。坐在回下庄车上的毛相林想，如果能够沿着溪谷建设一条休闲长廊，那一定能够吸引很多游客前来观光，村民们的收入一定又会增加不少。离开下庄十多天，毛相林有一种久别故里的感觉，大都市的繁华与熙攘，总像一堵坚实而无形的墙体将自己包裹着，毛相林总不适应，仿佛整个人都飘忽在云端，回到下庄，内心一下就宁静、踏实了。

2020年9月25日，毛相林从北京开会回到下庄，已是下午6点过，下庄飘起了袅袅炊烟。下庄的山太高，炊烟还没有飘到半山腰，就散去了……

毛相林放下包，看见儿媳妇龙云还没做好晚饭，就从家里出来，准备到小学校看望张泽燕老师。前阵子张老师老说腰不舒服，毛相林从北京给他带了药回来。刚走到农家乐三合院院坝里，突然手机响了，一看，是住在蒋家垮的陈正香打来的。电话中，陈正香显得十分着急，说二儿子两口子正打架闹离婚，叫他赶紧去断理。

看见杨元鼎和杨亨双正在打扫卫生，招呼客人，杨亨双的皮卡车也停在旁边，毛相林说，走，我们去一趟骡坪！杨元鼎说，毛支书，晚饭都做好了，我们吃了晚饭再去吧。毛相林赶紧说道："吃么哩晚饭呢，马上走！"

刚刚经过长途跋涉，又要坐车。杨亨双的皮卡在天路上七弯八拐，坐在副驾上闭着双眼的毛相林，看上去很疲惫，其实，毛相林没法入睡，他脑子在打转。陈正香的一个电话，打破了毛相林心中刚才下山时候的那份宁静。

陈正香的二儿子蒋兵在骡坪修摩托，儿媳杨少菊娘家也是下庄的，当年还是毛相林做的媒人。听陈正香讲起，小两口生有两个孩子，蒋兵一边修摩托，还一边卖摩托；杨少菊呢，则煮饭照顾孩子，生活还蛮幸福，没想到，还闹离婚。

当毛相林他们十万火急地赶到时，女方娘屋头的三个姐姐也赶到了，两方家长，把一个屋围得水泄不通，正吵闹得不可开交。看见毛相林来了，"唰"的一下，让出座位来。整个屋子，跟着安静下来。毛相林坐下后，不慌不忙点上烟，才问因什么事要离婚呢。蒋兵和杨少菊两口子你来我往，唇枪舌剑，都有理由。不到一支烟的工夫，毛相林从他们的争吵中，听出了端倪，心中有了主意。

毛相林处理邻里纠纷

只见毛相林将手中的烟头一掐，把烟灰缸子重重一搁，大声说道："鬼扯！离么哩婚！第一，按照新婚姻法规定，你们也达不到新婚姻法离婚的条件，法律上不符合；第二，也不合情。好大一个事情，就为没人煮饭，要闹离婚？两个孩子还小，离了，咋办？如果我们下庄所有家庭都像你们这样，随便为一个小事情，两口子吵架就闹离婚，那还得了！不准离！舌头和牙齿，还有相碰的时候呢！"

谁也没有想到，毛相林这样霸道。

"杨少菊，你就不对！今天，我不怕得罪你，要批评你。男人在外忙着修摩托，挣钱，你连饭都不煮，还要等男人来煮饭，那像么哩话？你看看我们下庄，祖祖辈辈下来，谁是懒家伙！只想等、靠、要，天上能掉馅饼吗？一个女人不勤奋，家还像家吗？"当着两家亲戚的面，毛相林毫不留情。

"你看你婆子妈陈正香，村里修路的时候，你公公蒋延龙身体不好，她顶上去；你公公外出打工，虽然她身体不好，曾因腰椎间盘突出做了三次手术，但她一个人在家坚持种了'三大坨'不说，还种了柑橘、西瓜，喂了两头大毛猪。而且，在种庄稼、做家务之余，每天还到陈列室打扫卫生，成为村里一名卫生公益员，一年挣8000多元。你咋不向她学习呢！"一席话，说得刚才还嘴硬的杨少菊满脸羞愧地低下了头，再也不敢顶嘴。娘家人全是下庄人，平时都领教过毛相林的脾气，只要看见他的脸一垮，两道眉毛一挑，就知道他要发火了，况且他们一向都听毛相林的，更没有谁敢吭声。

转过头来，毛相林又开始批评起蒋兵来。

"瞎扯！你男的也不对，冲动！一个巴掌拍不响！你没有把女的问题疏导出来，没有引导她！她不煮饭，你就发火，作为一个男人，没得一点智慧？说离就离，离了你哪里去找老婆！"一字一句，毛相林说得有板有眼，训斥得蒋兵哑口无言。整个屋子静悄悄的，只有毛相林气愤而略带沙哑的声音在屋头响起。

毛相林知道，平时杨少菊是一个自尊心很强的女人，可能是说到了她的痛处，看见她开始伤心呜呜地哭起来，感觉火候差不多了，就话锋一转，口气缓和下来，语重心长地说道："一个家庭要幸福，必须和谐！现在是创业致富阶段，更要努力！懒人是致不了富的！而且，还要有上进心，有思路，两口子一起动脑子，才得行！"一场闹得沸沸扬扬的离婚，不到一个小时，就被毛相林调解得和和谐谐，小两口再也不提离婚了。

其实，毛相林也是一个心蛮软的人，在解决矛盾冲突的当时，显得有些霸道，话说得很硬，很满，事后，他又会向对方道歉。

看见小两口和好如初，也让毛相林想起十几年前处理杨亨双两口子打架的情景。

那天晚上晚饭后，妻子王祥英正在刷锅，毛相林提着一桶猪潲去喂猪，两头毛猪争先恐后地跳过来抢食，刚舀了一瓢猪潲，突然，一个身影闪了进来，吓了毛相林一大跳，一看，竟然是坎下袁孝恩的大儿子哑巴袁堂山。袁堂山咿咿呀呀，举着拳头向坎下做打架样，比画着，一脸着急。

"么哩事？"毛相林看不明白，但知道肯定是出了什么急事。

"打架？打么子架？"看见毛相林终于懂了，袁堂山连连点头，转身就往坎下跑去，毛相林手中的瓢勺一丢，也跟着往坎下跑……

刚一出门，就听见杨亨双家哭闹声传了上来。

"跑慢点，黑灯瞎火的，莫摔倒了！"背后传来王祥英的喊声。

还没跑下坎，就看见杨亨双的母亲拄着一根拐杖在坎下，颤颤巍巍地喊："表爸爸呢，不得了！不得了！我儿子凶得很吧！""什么事，老辈子！""拜托你，毛支书！今天来帮我做个主！我那孽障儿子要打人！你来个狠手，给他过个硬！""莫慌，老辈子，狠手不至于，我得行！你放心！"

杨亨双和邻居袁孝恩，就住在毛相林的坎下。由于挨得近，大人骂小孩，两口子吵架，家里有什么响动，相互都能听见。袁堂山虽然嘴巴不能说话，但心善。看见两口子打架，首先就想到了毛相林，所以第一时间跑上坎来向毛相林求救。

下庄200多户的房子沿着山坡而建，散落在下庄这个天坑里，村民如井底之蛙守护着一小块圆形的天空。因为没有路，建筑材料没有办法运进村子，下庄的房子都是清一色的青瓦土坯房，有的房子已经有几百来年的历史。祖辈们就守在这四周大山阻隔的小天地里，年复一年，周而复始地生活。有的房子年生久了，墙壁张口咧嘴，歪歪斜斜，摇摇欲坠。杨亨双家的房子就是这样。

杨亨双家一共有三间土房、半间厨房和茅草猪圈。厕所是用茅草搭起的"狗叉棚"，粪坑上放几根圆木板子，半夜上厕所要走过10多米的院坝，稍不注意，就会掉到厕所里。一家人挤在几十平方米的房子里，没有专门的卧室，拥挤不堪。地面坑坑洼洼，大窝小窝的，家中仅有的一张八仙桌，总是要找木块或石块垫上，才能稍稍平稳一些。由于房子年代久了，墙面都裂了许多口子，风雨一来，满屋的灰尘。有时青瓦梭了，屋顶漏了，屋子里像下雨一样，杨亨双的母亲只好用盆盆罐罐接上，才能勉强度过一场风雨的侵袭。

修路前的老房子

毛相林跨入堂屋，看见杨亨双眼冒凶光，颈子上被抓了一道血口子，在灯光下显得刺眼，手中握着一把扫帚；袁堂凤手中握着半截椅子脚，衣衫不整，头发散乱，恶狠狠地盯着杨亨双，两口子正在打架！屋头桌子板凳到处散落，斑竹椅子已经被摔散了架，地上碎碗一片，炕的锅巴土豆撒满一地；灶屋头的柴火旁边，那条大白狗探进来半个脑袋，舔着舌头，欲进不进，想偷吃土豆又不敢；靠墙的八仙桌上，碗筷散落，一片狼藉；从堂屋的耳门看见里屋床上，铺盖、枕头散落一地。

"搞么哩（干什么）！"毛相林抢步到杨亨双面前，一把夺过杨亨双手中的扫帚，大吼起来。看见毛相林来了，袁堂凤将手中的椅子脚一扔，转身拐进屋里，"咣当"一声，里屋的门狠狠一摔，同时"咔嚓"一下，反插上了门闩，灯也跟着熄灭，背后传来号啕大哭之声……

"瞎扯！威武了，学会打人了！"毛相林开始骂起杨亨双来。

在村子里，杨亨双最佩服的就是毛相林，看见毛相林来了，杨亨双一下怂了，赶紧问道："毛支书，这么晚了，还没睡，干么子呢？"毛相林正要回答，这时，杨亨双母亲从大门跛了进来，举起拐杖就要朝杨亨双脑袋上打去。看见阵势不对，毛相林一把抓住拐杖，一把搀着老人，嘴里喊道："老辈子，不要添乱，一边歇息去！这里有我，莫怕！"

"袁堂凤，你也出来！"见里屋黑黢黢的，一点动静也没有，毛相林走过去把门打得咚咚响，但门一直不见打开。

想起下庄村里杨亨金和沈红清两口子吵架，沈红清气不过，关门不出来，最后喝农药自杀的事情，毛相林有些担心，强行破门也不是办法，情急之下，毛相林突然心生一计，大声说道："杨亨双，我今天不是来看闹热的！我是来查账的！赶紧去把账本拿出来！"同时，不停地向杨亨双递眼色。前几天村里修了坡坎，有的收钱了，有的还没收，杨亨双平时灵活，会说话，毛相林就安排他去收账。

"还不开门？像不像话！上面电话来得急，明天必须交账！"毛相林威胁起来。终于，随着"吱嘎"一声，里屋的门打开了一道缝，从缝隙中，毛相林看见刚刚床下一地的铺盖、枕头、衣服，也捡在了床上。杨亨双趁机侧身走了进去，拉亮了灯，从箱子里面翻出了账本，递给毛相林。

"账目收完没有？"毛相林一边假装看账本，一边拿眼往里屋瞟闪了一下。

"还有几个没有收完！"在毛相林面前，瘦高的杨亨双此时像一个犯了错的学生。

"搞么哩去了，还没收齐！"毛相林假装训斥起来。

"袁堂凤，你也过来！"一阵窸窸窣窣，袁堂凤红肿着双眼，抽泣着走了出来。

"说说看，两口子好好的，为么哩打架！"毛相林将账本丢在八仙桌上，顺手扯过一张板凳，放在两口子中间，一屁股坐上去。板凳有些不平，毛相林又挪了几挪。

一番噼里啪啦，两口子你说我我说你，把毛相林当成了一个出气筒，夫妻双方都把自己心头的怨气向毛相林讲了出来。慢慢地，看见毛相林脸色变得凝重起来，两口子也不吭声了，安静了下来。

原来，两口子为了老年人赌气吵架，但终究是为了一个字："穷"。

早上，杨亨双背了100多斤麦子到骡坪去卖，揣着钱又去奉节草堂买肥料。虽然天路已经修通了，但没有硬化，下午回下庄时遇见天路滑坡，这样就耽搁了一天。为了节约钱，中午吃的是袁堂凤早上给准备的苞谷粑粑。天黑时，背着化肥回来的杨亨双，又累又饿。看见屋头冷锅冷灶，心头就有些不安逸，又看见两个娃儿啃着生红苕在门槛外边阶沿上睡着了，杨亨双叫两个娃儿到屋头去睡，大娃儿不听，他顺手打了一耳光，可能是下手重了，娃儿委屈，呜呜地哭起来。

正在这时，刚好袁堂凤背着一背篼红苕，扛着锄头回到院坝边，看见娃儿哭，问哭么哩。杨亨双就把气发在袁堂凤身上，说也不管娃儿；看见大娃脸上的巴掌印和二娃手中的生红苕，袁堂凤气不打一处来："你动不动就打娃儿！床上躺的死婆子也不管一下！"

其实，背上压着一背篼红苕的袁堂凤，今天心情也莫名地不好。几年前，一次去后山打柴，袁堂凤不小心摔断了腿，虽然医治好了，平常行动也不是很方便，背红苕就感到特别吃力，再加上今天身子有些不舒服，下午到后坡挖红苕，就想杨亨双早点回来到坡上帮她一把，没想到，一直到把那块地挖完，都没有盼回来。

袁堂凤口中的"死婆子"说的就是杨亨双的母亲袁孝莲，70多岁了，自幼左腿患有滑膜炎，后来走路摔倒，右大腿直骨折断，瘫痪了多年。后来杨亨双东挪西借，去巫山县城给做了手术，才能够勉强拄着拐杖走路。杨亨双是一个孝子，听见骂自己的妈，气上来了！

"你家还不是有一个死婆子！"

"我妈比你妈有志向！"

"你妈有志向，配过来的嫁妆也只有一个柜子，两床铺盖！"

这一句话，戳到袁堂凤心坎里去了，出嫁时，娘家是穷，但自从嫁到杨家，也没有过过一天好日子啊。特别是想到现在一家人住的破房子，袁堂凤的心情更糟糕了。带着怨气进灶屋刷锅煮饭的袁堂凤，边煮饭边想，越想越心酸。思前想后，只觉得这日子没办法过了。

杨亨双性子老实，看不出她在怄气，对她道："我去挑水了。"袁堂凤虽然怄气，但还是心疼丈夫，想到杨亨双跑了一天，肯定很累了，而且为刚刚气急脱口而出的"死婆子"三个字也有些心口不一，感到愧疚，就道："明早上起来再挑吧！孩子们都饿了！你先打盆水把几个娃娃给洗洗，他们糊得鼻子眼睛都没得了。"杨亨双冷冷地说道："我可没有那么娇气，饿一天饭又不会死人。"

袁堂凤一听，明白杨亨双仍在讥讽她没有做饭，当时就发火了："你少瞧着我不顺眼，也只有我瞎了眼睛才会嫁给你，换作别的女人，只怕是死也不会嫁给你！"

杨亨双一听，也瞪了眼睛，气鼓鼓地说："我们下庄还没有哪个汉子在打光棍，你后悔嫁给我，你回娘家去啊！"袁堂凤一想，自己都下矮桩（退让）了，不但没得到丈夫的安慰，还句句话都让她难受，把手里的锅铲一扔，吼道："不做饭了，都饿死算了！"战争就这样爆发了！

"你以前不是这样的脾气？这两年外出打工，没挣到钱，感到窝囊吗？把气发在自己老婆身上？你心浮躁了！穷，怕么哩呢？大家努力啊！当年，你们几兄弟在修路的时候，你表现最优秀，下庄的女人都喜欢你！你以前可是我们下庄的典型，好男人一个啊！杨亨双，你变了！"毛相林一顿连珠炮，呛得杨亨双哑口无言，一句话都答不上来。

"今天晚上，你杨亨双做得不对。前两年，你外出打工，你母亲摔断了腿，瘫痪了，她袁堂凤哪一天不是瘸着一条腿为你母亲忙前忙后，梳头、洗衣、洗澡？一日三餐不是送到手里吗？连上厕所、睡觉，都是背进背出的，全村人都看到的啊，这样的女人，有孝心，就要得啊！"

"你杨亨双也是一个孝子，值得表扬，但老婆也是自己的女人，要拿来疼，而不是打的。你夹在中间，也要权衡，孝敬老人的时候，也不能把自己的老婆丢下。"

"越穷，两口子越要团结啊，只要团结了，把家庭搞好了，不会穷一辈子吧！""不要因为穷，就气馁了！"屋内静静的，看见大人打架，两个孩子哭够了，窝在灶屋的柴火堆里睡着了，毛相林的话语变得低沉起来。

"赶紧收拾了，早点睡觉！明天去把账目收齐交来！"毛相林今天晚上不想多说，他总觉得心里很堵，几句话后，毛相林屁股一抬，丢下因尴尬而羞愧不已的两口子，独自弓身走进了夜色里。

"看么哩看，都去睡觉，明天全村开院坝会！"毛相林的吼声在院坝里响起。

听见两口子吵架，看见杨亨双的土坯房，其实，自己也是住的土坯房，下庄村的人呢，何尝不是都住的土坯房？贫穷，是下庄的痛，也是毛相林心中的痛。杨亨双两口子并不知道，今晚他们的吵架，也把毛相林的痛处戳中了。那一夜，毛相林无眠……

也正是有了这次劝架，毛相林便下决心带领下庄人开始脱贫致富，而杨亨双夫妇呢，也正是铭记了毛相林的"勤奋才能致富、和谐才能幸福"的规劝，两口子发愤努力，和谐尊重。2015 年，杨亨双一家脱贫；2017 年，杨亨双成为三合院农家乐的主人之一，2019 年，杨亨双被评为"下庄身边好人"，妻子袁堂凤被评为"下庄好媳妇"。

四、断案鱼儿溪

鱼儿溪以前属于阮村，于 2008 年合并入下庄。

顾名思义，鱼儿溪以溪水多鱼出名，海拔约 1100 米。坡上阳光充沛，种满了核桃树，绿色的枝叶间，挂满了一个个青涩的核桃；坡下阴湿，阳光不足，4—5 月，漫坡的玉米和烤烟，绿油油一片，绵延开去，像青纱帐、甘蔗林。

过了鱼儿溪大桥，就走进了下庄天路。站在鱼儿溪大桥上向脚下望去，溪水哗啦啦流淌，因落差太高，寒气逼人，让人胆战心惊，顿感眩晕；顺着下庄天路朝下走去，曲折迂回，走着走着，山势变得狭窄，一堵千仞绝壁挡在面前，似乎伸手就能碰到对面的山壁；折转而来，天际一线，豁然开朗；下庄就在眼前，给人一种世外桃源之感。回头朝上眺望，竹贤乡政府广场上那面鲜艳的红旗高高飘扬。树木葳蕤，阳光漾漾，穿透而来，和谐温暖……

2017 年一天下午，毛相林在巫山开完会，提着一个包回来，甩开臂膀正走在下庄天路上，刚走到鱼儿溪大桥处，就被民兵连长拦下来，说两家正为一棵核桃树吵架，让他赶紧去处理。

提起处理纠纷，也是在鱼儿溪，毛相林前阵子才调解了一起纠纷。

那天下午，毛相林从奉节草堂拉柑橘肥料回来，看到三四个人围在院坝里指手画脚，吵得白沫直飞。

"你们还在搞么哩？"毛相林问。走近一看，发现是两家人为争地界扯皮。

"毛支书，李有金把我的田占了，挖了一尺五过去。"看见毛相林走过来了，杨元培抢先告状。

鱼儿溪大桥

下庄秋韵

"挖锄拿来，挖！"毛相林果断地下了命令。

"毛支书，哪个来挖？"杨元培问。

"当然是你挖，你说他占了你的田，就该你挖，挖界石。"毛相林回答得干脆。

杨元培挖了几锄头，停住了，因为杂草太深，已经找不到界石了。

"界石蓊（遮）到了，把杂草刨开，一定要把界石找到，重新定界！"毛相林不依不饶。

毛相林知道其中必有隐情，在杨元培挖界石的时候，回头问李有金："摸到良心说，你占了他田没有？你们两个的田都是租给别人种烤烟的，你们自己心里最清楚。"

"占是占了的。"李有金小声回答。

"占了他多少？"毛相林继续追问。

"没有一尺五，只有七八寸的样子。"李有金嗫嚅道。

"攒（移），马上攒（移）。我今天就给你们定界！"这时已经围了很多人，看见杨元培已经把界石挖出来了，毛相林叫李有金马上回屋拿根錾子来，当着大家的面，把原来的石头撬出来，嵌在新定的界上。界的那头嵌一块石头，这头嵌一块，两头线一绷，中间再嵌进去一块，三点确定一条直线，地界就确定了。

毛相林为什么要问李有金，而李有金为什么又要听毛相林的话，原来是因为毛相林曾经为李有金撑过腰，知道毛相林办事公平，不会偏袒哪一方。

随着下庄路的打通，开始退耕还林，人们煮饭烧煤，对山进行养护，政府每年会给村民补助养护费，除了李有金没领到，其余家家都领到了。这十几亩山，是李有金家的重要经济来源。老实的李有金无可奈何，明明划给自己的山，名册上却清清楚楚地写着李有福的名字，只得跑到村委会又哭又闹，求村干部解决。

毛相林找到以前划山的几个老干部，问这山到底是谁的主。开始那些老干部吞吞吐吐，怕得罪人，在毛相林的一再追问下，终于说出山是李有金的实情。最后，毛相林果断把山归还到李有金名下。李有金感激不尽，逢人便夸毛支书是毛青天。

物归原主后，担心李有福不服气，想到他女儿在城里上班，知书达礼，有文化，毛相林就打电话给他女儿。对方女儿的一番话让毛相林如释重负："林哥子，就以你的为准，你哪个断哪个好。老头子如果再胡来，我来整治。"

而这次却是为一棵野生核桃树吵架，毛相林有些纳闷了。

为了发动大家脱贫致富，2016年，毛相林带领老下庄村村民种柑橘，上面鱼儿溪属于新下庄，土壤适合栽种核桃，就按照人头，分发了核桃树苗，发动大家栽种核桃。杨自林和杨自天两家也各自栽种了十几亩的核桃林，每到3月，核桃树开出青色的花朵，看起来亲切可爱；转眼花落，逗人爱的小果子就挂起了，一阵风吹来，鸡蛋大小了；到了8月打果的时候，户户都丰收满满。

家家都有核桃树，为什么还要争呢？背后肯定有原因。

鱼儿溪大多是杨姓和李姓的人，几百年前由祖先迁徙而来。村里每家

鱼儿溪农家门前的核桃古树

的关系，扯来扯去都是亲戚。杨自林和杨自天两家同一个爷爷，没出五服，是叔伯堂兄弟。在樱桃梁子上，有一块地，两家挨着的，竟长出来一棵核桃树。最初还不是很高，也没有挂果子，都没在意。三四年后，竟长高了，挂果子了。打果子的时候，杨自林老婆陈朝秀背起背篼，带着孙娃子去打了六七百颗回来，杨自天家就眼红了，又因杂草很深，界限模糊，于是两家都说这核桃树是自己的，为这棵核桃树展开了拉锯战，指桑骂槐，明争暗斗，三天一小吵，五天一大吵，搞得整个村子鸡犬不宁。村支书去处理了，没有处理下来。会计包的他们这个组，就说以后挂了果两家平分，两家坚决不同意。乡里领导路过那儿，也被拉去断过案，两家依然不服。最后支书没有办法，想到毛相林点子多，是下庄的调解专家，老百姓也信任他，知道他今天在县里开会，下午要回来，于是就安排民兵连长半路拦截，请毛相林出面处理。当天晚上，毛相林摸黑走访了七八家村民，把背后的情况摸清楚了。

毛相林了解到，樱桃梁子上的这棵核桃树实际上结的都是一些铁核桃，价值不大，个儿小没卖相不说，米子也小，还长得紧，抠不出来，要用挖耳勺才能掏出来，打回家也是细娃子好玩，图个眼福，所以，村民们对这样的核桃树根本就不在乎。但毛相林明白，两家互不相让，吵得不可开交，不是争核桃，是为了争一口气。因为两家结怨已久，核桃树只是导火索，把两家的矛盾彻底爆发出来！

10多年前，两家就因杨自天修房子占了杨自林家竹林的事情抓扯过。混乱中，杨自天的老婆罗先芝没站稳，摔倒在地，又哭又闹，说杨自林打了她，不依教（同意），就跑到杨自林家躺起，要医药费；后来杨自林家修机耕道，要从杨自天院坝过，杨自天打死不同意，两家又吵，还打了官司。从此以后，不管是兄弟之间，还是妯娌之间，甚至是两家儿女后代，都不相往来，在村里见面了，也是装着没有看见，或者多远就避开；农忙季节，忙不过，喊五家外人，也不会喊对方，红白喜事，过生祝酒，也从不来往，真正是想老死不相往来。怨恨这个结，在两家越结越深，没法解开，成了一个死结。如何解开这个结，当晚毛相林想了一晚上也没有结果。第二天一大早，毛相林跑到樱桃梁子一看，发现核桃树长在两家田地中间，而且还是一块荒地，正好那里要修一条支路，毛相林灵机一动，想出一招，连忙把民兵连长叫到身边说道："明天去挖路的时候，把那棵核桃树用挖掘机挖了，并且要碾得稀烂。他们问哪个碾的，就说是我毛相林搞的。"

一夜之间，核桃树被挖了，还被碾烂了，这下就炸开了锅，两家又展开了恶战，你说是我搬人干的，我说是你搬人干的，甚至抄起了家伙，准备开刀过杀。当时毛相林又因临时接到通知去乡上开会，就安排了民兵连长、团支部书记、会计、妇联主任一起处理这件事。处理了半天，两家不依不饶，干脆把矛头对准了村干部，都怪村干部踩偏船，最后连同村干部一起开骂。

散会后，毛相林准备顺便搭乘下庄的摩托回家。过鱼儿溪时，却看见支书站在路边，拦住了他："老毛，我们已经搞了大半天，还没处理下来。事情还越搞越大了。那棵核桃树是你叫人挖的，这事还得你去处理。"

天色已晚，饿着肚皮的毛相林急匆匆地去了。

在会计杨自安家，毛相林看到的是两家对峙的场面。罗先芝跳起八丈高，儿子儿媳在旁助威，拍着桌子，指着对方鼻子，凶巴巴地吵得不可开交，而且根本没把前来调解的毛相林放在眼里。他们认为，划开的竹子不相生，鱼儿溪和下庄是两家，尽管耳闻毛相林的作风，他们也不准备买毛相林的账。

趁他们吵的空隙，毛相林点燃一支烟，不紧不慢地走出门，趁着夜色，又到樱桃梁子上去看了看现场，对事情怎么处理，心里更加有了把握。

看见他们吵累了，毛相林再次进屋，屋里霎时安静下来。

"吵累了吧！现在说说，核桃树到底是哪个的？"毛相林把工作本子往桌上重重一摔，语调不高，但字字千钧，铿锵有力。

"是我家的！""是我家的！"双方争执不下，一口咬定是自己的。

"凭什么是你的？今天早上，我就去现场看清楚了，而且刚刚我又去确认了，这棵树是野生的，也不是哪个栽的！那里是一个卯头（荒山，田地之间不种庄稼、长杂草或者堆放石头的地方），卯头是公共的，不属于任何人。"一字一句，毛相林说得清清楚楚，双方都哑口无言。

"村里准备在那里修一条支路，树是我叫人挖的，因为挡到修路了。你们哪个能拿出证据，证明是自己的，确实想要争回这棵树，我出钱，给买一棵！我毛相林，说话算数！"毛相林提高了音量。多年养成的习惯，在这样的场合，毛相林无法做到轻言细语。

"你们两家相互间，你不让我，我不让你，我能断给谁吗？谁都不能断！"整个屋子里静悄悄的，谁也不敢说话了。

"支路也可以不修过去，但为什么要修过去，就是为了把树挖了。扯得太不像话！你们都是本房的弟兄，一根笋子发下来的，却为一棵树互不相让。不挖，早晚这棵核桃树会成为祸害！必须挖！今天，你们应该感谢我，挖掉的不是核桃树，挖掉的是你们两家人的仇恨！"毛相林把桌子拍得咚咚响，像是拍在了两家人心坎上。

看见气氛不再剑拔弩张，毛相林也放低了声音，语气严肃下来："做事要占理。谁对谁错，都要以事实为依据。你们呢，是族房，一个鸡蛋没散黄，何苦呢？一棵核桃树，而且还是铁核桃，又值不到几万几十万。你们做得最不应该的是，还把后人搅起来一起闹，老家伙扯皮，后人来参与搞么哩？作为年轻人，都去过大城市，眼界宽，见的世面多，应该劝老人不吵不闹才对。你们都跑来做什么，耍人多吗？要打棒槌呀？俗话说，冤家宜解不宜结，退后一步自然宽，别一个钉子一个板子地较真。"

一席话，把双方说得服服帖帖。最后，两家都想通了，低下了头。刚刚闹得最凶的罗先芝也停止了喧嚣，羞红着脸，偷偷溜出了门。

毛相林乘胜追击："那对不起，今天我不能白白给你们办事，你们两家都要买烟。"一听要买烟，六十出头的杨自天马上买来一包烟，递给毛相林。

毛相林摆摆手："这烟不是买来给我的，是给对方装的，首先是要装给杨自林，表示歉意，再装给在场的所有人。"毛相林挥手指了指周围。

"他买得起，我也买得起。"杨自林的妻子陈朝秀立马起身，去小卖部快速买回一包烟。双方互相递上香烟，袅袅烟雾中，笑声响起来，气氛一下子就欢快起来。世上没有打不开的心结，一支香烟，就泯去了十几年的恩仇。

毛相林语气缓和道："你们认为我这种做法要不要得？"

"要得要得。"

"啷个要得呢？"

"毛支书，你今天硬是把我们说服了。我们不吵架了，现在政策好，活200岁，我们都愿意呢！"

"这棵树其实也值不了几个钱，但你们今天这种做法羞先人，赌咒发誓，骂自己的祖宗，没把自己的祖宗当人，祖宗在地下就不安生。这个社会，动不动就要打要杀，是不行的，要知道，这个社会是讲究法制的。"

一个半小时，就让两家握手言好，在场的无不佩服毛相林的妙招。既解决了修路，又解决了两家的矛盾隐患。

而让毛相林没想到的是，处理完这件事，从会计杨自安家出来，在路过李有福家时，李有福看见毛相林这么晚了才回下庄，天又黢黑，赶紧对他儿子说："把车子开起，送哈林哥子回去。""莫恁个麻烦，我自己走下去就是，才几步路嘛。"毛相林婉言拒绝了。其实这几步路却是7公里多一点，平常白天，毛相林从乡上下去，都要走一个多小时，莫说晚上了。但对毛相林来说，比起以前从岩口子的几十里羊肠小道，这路近多了，也宽多了。"天恁个黑了，路又不好走，送一下好大个事嘛！"拗不过人家的真情，毛相林只好坐上了车。

原来，李有福也一直打心底里佩服毛相林呢！

五、三次让地

"其实乡村干部没有什么了不起！在于你这颗心。你这颗心是为老百姓着想，老百姓就会相信你，拥护你！做事要讲良心，为人要正直！"这是毛相林对自己四十来年村社工作的总结。

"愚公讲堂开课了！"

坡上坎下、田间地头，屋里院坝，正在忙碌的人们丢下手中的农活，孩子们丢掉正在做的作业，奔跑起来，呼喊着……

听说县城里的农委教授来讲解"柑橘的种植方法"了，放暑假的孩子们来了，三合院的杨亨双、杨元鼎、袁堂清来了，西瓜大户彭仁松来了，面庄老板刘崇凤来了，柑橘大户刘恒玉来了，陈正香、杨亨武、毛相礼、毛相斌、吴自清、蒋延龙，他们都来了，连拄着拐杖的袁孝恩也来了。有的抱着孩子，有的挽起裤脚，腿上还有泥巴，有的背上还背着喷雾器，有的端着碗，碗里的面条夹了一半，边跑边往嘴里塞，后面跟着一条大白狗，人和狗，都急匆匆地往愚公讲堂赶……

"柑橘剪枝的时候，上面的枝要小，下面的枝要大，免得上面的把下面的遮住了，晒不到阳光。冬剪，粗剪为主；夏剪，细剪为主……"讲课已经开始了。讲台后面墙壁的投影上，一棵柑橘树上挂满了果子，大家一看，不是刘恒玉家地里那棵吗？大家齐刷刷都向满头白发的刘恒玉投去羡慕的目光。陆陆续续，一排又一排，凳子上就整整齐齐地坐满了人，来得晚的，站在门槛上，听得默默颔首。甚至那怀中抱着的孩子，也不哭了，吮吸着手指，睁着一双大眼睛，静静地听着……

愚公讲堂由三间土坯房构成，右边一间作为休息室，中间正堂屋作为讲堂，左边一间，作为灶屋，灶屋后面是猪圈。整个外墙刷成了泥巴色，在屋顶青瓦衬托下，原乡味十足。

怎么又是讲堂，又是灶屋猪圈呢？

原来，这愚公讲堂是利用毛相林家以前的老屋改造的。每天早上，毛相林母亲起床的第一件事，就是打扫愚公讲堂。从前面讲台开始，弓着腰，从里面挨着打扫出来，打扫得干干净净。

2018年，毛相林一家终于搬进了梦寐已久的新家。搬家之后，除了喂毛猪，要煮猪潲，灶屋和猪圈还在继续使用外，老屋的其他两间则空了出来。

前两年孩子小，龙云一边操持家务，一边带孩子，现在两个孩子慢慢长大，都在下庄上幼儿园了，就想找点事情干。她没有什么其他爱好，但人诚实，勤奋利索，做得一手好菜，看见下庄慢慢地在变化，来旅游的人越来越多，村里也准备扩大农家乐的规模，龙云就想利用老屋来办一个农家乐。一天晚上，看见毛相林开心，龙云壮着胆子把这个想法告诉了公公。毛相林一听，也觉得这个想法很好，立即赞成。于是，和全家商量后，龙云就向村里递交了申请书。

但让龙云没想到的是，村里同意书没盼下来，却盼来了公公的变卦，让龙云伤心地大哭了一场，赌气了好几天，没搭理公公。

原来，村里成立了柑橘合作社，隔三岔五，合作社要请一些专家到村里讲课，但专家来了之后，却没有地方讲。看见老屋空着，毛相林毫不犹豫就把老屋让了出来，稍做打整，安置了讲桌，添加了一些长条木凳子，挂上了愚公讲堂的牌子。从此，村里面有什么学习的讲座，都安排在这里。而且，在讲堂里面，毛相林还找人捐赠了很多书籍，设立了一个图书室。一到有什么讲座，吃过亏或尝到了科学种植柑橘、西瓜甜头的村民就把愚公讲堂坐了一个满当当。地方被占了，龙云的农家乐梦就暂时破灭了，伤心之后，没有办法，只有再找机会。

其实，毛相林不只是把老屋让出来给村里作为愚公讲堂，为了下庄的公共服务项目，毛相林还三次让出了自家的宅基地。

2015年，村上修建文化广场，修到半路上，县委宣传部柴部长到

下庄考察，看见文化广场只有100多平方米，就喊起来："哎哟，这个广场小了呀，不像样子！""那怎么办？"旁边支书觉得麻烦了。因为广场右边是坡地，坡上面是村里的水池，不能挖山，挖了之后，遇上暴雨会塌方；另外，水池是村民种庄稼浇地用的，遇上干旱呢，则是村民救命的饮用水，更不能动。而广场左边呢，是毛相林家的宅基地，早就定好了，准备在那里起屋，地基都打好了。

"那不行，叫老毛另外找地方，赶紧去给老毛做工作！"柴部长说。

支书找到毛相林，一番解释，最后达成协议，毛相林把地基让出来，广场对面的那块地不动，留作毛相林家起屋的地基。

但毛相林修房子的事情，还是一波三折，打好了地基又让了出来。

就在毛相林刚把地基再次平整好，乡里决定在下庄建一个村卫生所，但因四处找不到地方，于是他又无偿把地基让了出来。王祥英这次和他赌气，三天没跟他说话。他也不去解释。王祥英本来身体就不好，这一怄气，就加重了病情，卧床不起了。

心病还须心药医，解铃还须系铃人。看见妻子生病卧床，他来到床前，对她说："我这些年都在为村里的大小事奔忙，你身体本来就不好，还让你为家里付出了那么多的辛劳，我心里都晓得，我感谢你。你也知道，当年下庄没有医院，能救的人得不到及时救治，眼睁睁地看着在半路上走了，那种无能为力的感受有多难受。如果有医院，袁堂山小时发高烧得到救治，也不会当哑巴……我们活着都是吃五谷杂粮，不可能不生病，村卫生所建好了，对我对你对整个下庄，都是救命的好事。"一番苦口婆心的解释，让王祥英回想起那些发生在村里的件件悲哀、伤心的事，王祥英彻底想通了，答应了再选地方建房。

两年后，当毛相林花了800元钱，请来村民和挖掘机，忙碌了十几天，眼看着就要把地基挖好了，却接到县里通知，说要在下庄修建陈列室，叫村里赶紧选址征地。

村支"两委"领导立即到处找地方，但找来找去，就是没有符合县里

下庄村卫生室

要求的。怎么办呢？大家开始着急了。要知道，在下庄修建陈列室，对于下庄来说是个多好的机遇啊，不光毛相林，大家都不想放掉这个机遇。

"必须抓住这个机遇！"走出村委会办公室的大门，毛相林狠狠地下了决心。

晚饭前，回到家中的毛相林又是一番思前想后。

饭桌上，他对母亲和妻子说："我跟你们商量一个事。村里要建一个下庄人事迹陈列室，我把村里的空地都瞧了一遍，没有别的地方，只有我们那块准备建新房子的位置最好。既平展，又靠着公路，对面是文化广场，建陈列室，再合适不过。我想让出来，给村里修建。"

还没等毛相林说完，王祥英"嘭"的一声放下碗筷。虽然她这么多年都是在背后默默支持毛相林的工作，但建新房子却是家里的一件大事。眼看着如今的日子好了，村里人都修建了水泥楼房，自己这辈子吃了不少苦，也想着住进亮堂堂的楼房。王祥英说道："前几年，我们修房屋那块地基都已经平整好了，村里要建文化广场，你无偿把那块地基让了出来。如今这块建新房的地，光是村里人帮忙挖土就挖了十来天，把地基平整好又花了十来天，现在就只需要砌砖了，你又要让出来。村里到处都是地方，你怎么就独独瞧上了自家这块地基？我不同意！"

母亲也轻声说道："要不然，还是另外去寻块地吧，横竖是政府征地建陈列室，村里人也不会有意见的。"

"另外找嘛！到处都是地啊！"儿子儿媳也附和道。

"爷爷，我要住新房子！豆娃家都住新房子了。"旁边的孙子阳儿也跟着起哄。毛相林知道，不光妻子他们，后人们也盼望着呢。

从修通天路，到带领村民们脱贫致富，这些年来，毛相林的脾气就是，自己决定的事谁说都不好使，也正是有这倔脾气，才让村里人信他，也服他。毛相林明白，这些年来，他在村主任工作岗位上，让家人们承受了很多，也付出了很多。

想到这里，毛相林心一软，说道："修建陈列室这个愿望，如果不在有生之年实现，我就愧对那死了的六个修路的。昨天晚上，外面下着大雨，我梦到了沈庆富，他对我说：'毛矮子，你不要把我忘了啊！'我一下就惊醒了，醒来后，满脸都是泪水。这件事，我想了好几年了，如果不完成，我死也不能瞑目啊！"在家人面前，毛相林动情了，说出了肺腑之言。

"这次建陈列室，比我们私人起屋重要多了，正因为这块地的地基已经整好了，就缩短了工期，让陈列室尽快建成。我实话跟你们说吧，陈列室是为了让后人记住下庄精神，记住那几个修路时牺牲的人。"听到这里，母亲和妻子再也不说话了，她们知道毛相林只要一想起当年修路的事情，就有多么难受。

就这样，毛相林将那块地又无偿地让了出来。

让毛相林没想到的是，修好陈列室后，却生出另外一件事情来，不过倒还是一件好事，让下庄村改掉了以往老爱操办无事酒的陋习。

陈列室建成不久，便是毛相林母亲的八十大寿。

村会计对他说："老毛，你看陈列室也修好了，你老母亲也过生，我们不如趁这个机会来搞一台酒，庆贺双喜临门！一来让村民们开心一下，二来也让老人家在有生之年享受享受这闹热吧。"毛相林瞄了他一

下庄人事迹陈列室与陈列室广场

眼，说："你去通知村里的干部都来开会。"会计满以为毛相林同意了，抬起屁股就去喊人。

结果呢，在会上，毛相林却语重心长地说道："如今下庄的日子一天比一天红火，但有些不正之风也该杀一杀了。就比如说无事酒，今天这家办搬家酒，明天那家办庆生酒，后天这家办满月酒，大后天那家又办上梁酒，还有什么升学酒、退伍军人转业酒，甚至生病出院了还要办个酒。怎么了？日子过好了，就不脚踏实地了？就想借着办酒席的名义敛财了？我认为除了红白喜事，别的都是无事酒。红事就是结婚，白事就是老人去世，我今天把话说在这里，除了这两样酒可以办外，而且桌数也要限制，不能超过十桌，别的酒席我统统不得参加，而且我也向你们保证，我老毛绝对不整那些无事酒！"

紧跟着支书也说："我也同意老毛所说，既然这样，我们就来签一份拒办无事酒的承诺书。"当天，村里的干部就都签了这份承诺书。

在母亲生日前一周，毛相林陪着母亲到了外村的亲戚家，亲手给煮了一碗长寿面，并对母亲说："儿子本来应该请一些亲朋好友好生为您庆祝庆祝的。但是儿子觉得，现在的生活这样幸福，我们都应该知足了，那些场面能省则省，希望母亲不要怪罪儿子。而且，我也签了村上不办无事酒的承诺书，要带头执行！"母亲笑道："如今村里的人办事都跟你一样，总是从大局着想，遇事都让一让，这些年我都没有听到过有人吵架了。不管有什么矛盾，都是你出面协调解决，连外人都信服你，我这个当妈的又怎么会不听你的。"后来，在毛相林的带领下，大操大办、乱办酒席之风在下庄村渐渐消失了。

下庄人事迹陈列室建成后，毛相林挨家挨户收集修路曾用过的钢钎、大锤、锄头、扁担，包括草鞋等物品，全部都放进了陈列室。而当时记者所拍的现场图片也都被挂在墙上展览，更重要的是，牺牲的6个人的名字——沈庆富、黄会元、刘从根、向英雄、刘广周、吴文正，被刻在了陈列室。这6个名字，虽然只是没有生命的文字，但一定会让子孙后代都记住。

如今，陈列室、愚公讲堂、三合院已经成为下庄最为亮丽的三道风景。

下庄人事迹陈列室墙上挂着修路英雄的名字

游客去了下庄，除吃住在三合院外，还要到陈列室去看看，到愚公讲堂去坐坐，在感受下庄精神的同时，也会想到毛相林让地的那些感人的过往。

后来，毛相林还有一次让地的经历。

毛相林老挑（连襟，老婆的姐夫）吴自清也是下庄人，他家修房子，找不到位置，文进武出闹到村里，大骂毛相林六亲不认，不把他家评上贫困户，因为贫困户可以在统一安置点起屋。为这个，毛相林还差点和吴自清打一架，最后逼得毛相林不得不把自家的地给让了一亩多出来，让吴自清修了房子。

六、六亲不认

下庄的 5 月，金黄的小麦漫上山岗，布谷鸟满天地叫得欢，朝霞洒在对面山崖上，反射过来，下庄就像镀上了一层梦幻的黄金。正是小春季节，家家户户都在忙着割麦子、打麦子、栽红苕。有的地方已经收割了，大地像癞子的头顶一样，这里一块，那里一块……

这段时间，毛相林心头有些着急。

乡里事情多，妻子还在骡坪住院，儿子毛连军也在忙，地里的农活儿媳妇龙云也耐不活，家里的农活就搁置了。眼看着这几天又要下连绵雨了，再不赶季节，小麦会烂在地里不说，紧跟着红苕秧子也栽不下去。今天毛

毛相林

相林终于请了一天假，一大早就把毛连军、龙云喊起来去后山割麦子。

"毛相林，你不公平！"院坝里响起了吴自清大吵的声音！

"我哪点不公平！你说说看！"毛相林放下肩上担的麦子，捞起衣角揩了一把汗水。刚进院坝，就看见吴自清在家门口大吵大闹。母亲正弓着腰扫院坝，没搭理他。

"你六亲不认！"看见毛相林回来了，吴自清眼睛一瞪，把脚边的麦堆踢了两脚，只见金黄饱满的麦粒四溅开去，撒落一地，像是在向吴自清做出无声的反抗。

昨天晚上回来，儿子毛连军就给他讲了，这几天大姨爹都来家里吵，口口声声骂毛相林六亲不认，说毛相林不公平，没有给他评贫困户，还在村里到处说，只顾去给别个村评，都不照顾下庄村村民，叫大家都去找毛相林闹事，说闹了就能评上。

毛相林明白，吴自清口头说的别村的人都评上了，指的是杨元芬，因为前阵子杨元芬来下庄"闹事"，"闹"到最后，毛相林给她申请了一个低保，这事情全村都晓得。杨元芬以前是两合村的，2004年两合村拆除后，合并到下庄，在他们的意识里，两合村是外村，你毛相林宁愿把名额让给外村，也不给下庄，心里多少有些不平衡。

最初，杨元芬也没有被评上低保。

那天，竹贤乡的书记乡长等领导来到下庄，正在村委会办公室开群众会，突然，会议室的大门被推开，一个女人一脚踹了进来，而且脸色不好，显得非常激动。

"你今天来找谁？"毛相林一看，知道有问题，迎上去，把女人叫出了会议室。

"找村干部！"女人怒气冲冲。

"轻轻说话，不亏你！你说！"

"我们高头的事情，你莫管！我找阮村高头的干部！"

"你们高头的干部是干部，我也是干部，也是高头的干部！我们都是一个村的，说清楚，该解决的问题一定要解决！"

为了不影响开会，紧接着，毛相林就把女人叫到旁边杨自柱家里。坐下来后，给她倒上开水，泡上茶。女人肯定是一大早从上面天路走下来的，头发散乱，显得有些疲惫，喝了两口水后，情绪慢慢缓和下来。

经过初步了解，才知道女人叫杨元芬，生过病，以前做过心脏换瓣膜手术，男人嫌弃女人有病，又因为家里穷，欠了不少债，出去打工跑了，就一直没有回来。膝下还有一个孩子，未成年，在上学，没有劳动力不说，还没有经济来源。但村里评低保时却评漏了，找了好几次领导，也没有得到解决，今天听说乡上领导在下庄开群众会，一大早就匆匆赶了下来。

听完杨元芬的诉说，毛相林说道："你莫急，我们低保申请有严格的程序，没有哪一个人敢私自做主。首先集体研究，村班子七八个干部要全部到场，根据实际情况调查研究，看看达到标准没有。达到标准以后，进行公示，公示期结束后，再经过本组的群众评议，要通过后才能被评为低保户。"说完，叫杨元芬先回去，下午就去她屋头调查。

下午下班后，毛相林带着会计和妇女主任到了杨元芬家中，发现杨元芬住的三间瓦房，除了床和铺盖，连件像样的家具都没有，真的可以算是家徒四壁。一番走访调查后，毛相林发现杨元芬一家确实困难，所说属实。没有评上低保，属于村干部不负责，贫困户精准识别工作做得不到位。毛相林当场就向杨元芬表态："你放心，这个事情，我会当个问题给你认真解决！"

看见杨元芬放了学的孩子在灶屋砍猪草，旁边凳子上的课本和作业本打开着，堂屋墙壁上贴满的奖状和空荡荡的房间形成了鲜明对比，一向重视教育的毛相林心一动，马上伸进荷包，掏出200元钱，说："你娃娃小，难得跑，以后不要再去乡上闹了。我给你200元钱，娃儿读书，表达一个意思，给他买点零食和学习用具！"接过钱，杨元芬哭了。她没有想到，今天去闯会议，昨晚斗争了一个晚上，是壮起很大的胆子，鼓起鸡蛋碰石头的勇气才去的，原本也没有抱多大的希望，没想到碰上了毛相林，变成了这样一个结局。

"三天后，我要上来值班，你再来找我！"看见杨元芬哭了，毛相林说道。

三天后，毛相林把门大大打开，等杨元芬到来。值完班，毛相林就叫杨元芬写了一个低保申请，毛相林签了意见，交到乡里。当月，乡里从民政救助方面给她解决了一点资金。最后经过下庄村支两委反复研究决定，走完相关程序后，不到一个月，杨元芬享受到了低保。

杨元芬本该吃低保，是因为干部失职而没有吃到，而不是毛相林滥用职权，偏袒杨元芬，没想到吴自清把这个事情拿起到处乱说，造谣生事。在村里干了这么多年，从当年的修路，到现在带领大家脱贫致富，为这个老挑吴自清，毛相林生了不少气，也伤了不少脑筋。吴自清平时脾气倔强，不听劝阻不说，还喜欢烂酒，一喝了酒，仗着和毛相林是连襟关系，在村里称王称霸，有事没事，就来找毛相林扯皮。

"赶紧回去割麦子，跑到这里闹么子？"看见他爬起来就喝酒了，毛相林劝道。

"今天你必须给我一个贫困户指标，我要修房子，现在没得地皮！否则，我就一直要找到政府闹！"一身酒气的吴自清开始威胁毛相林。

"你毛矮子心狠，我们是挑两担（亲戚），五家外人都不如！"吴自清越说越有劲。

"你凭么子要地！你也不是贫困户！"毛相林今天要抓紧抢收，没时间理他，但看他越说越过分，毛相林心头有些生气了，提高了声音。

"是你卡我！不给我指标！"村里为贫困户设置了统一安置点，凡是贫困户，都可以到安置点修房。吴自清一直想要贫困户指标除了是想享受贫困户待遇外，更想要到修房子的地基，因为他家房子在坎下，重新起屋，嫌弃位置小了。由于平常和邻里关系也处不好，也没有谁想和他换地。

"瞎扯！指标是随便能给的吗？你吴自清一家，条件差了吗？"毛相林吼了起来。

毛相林知道，吴自清一家经济收入很不错，不要说在下庄算富裕的，在整个竹贤乡来说也不差。吴自清当过兵，参与凉山剿匪的退伍军人，一年有9000元的补贴，大儿子吴君攀在骡坪场镇购有商品房，二儿子吴君仁最近还买了一辆价值 15 万元的轿车，而且他们两户均已多年不居住在下庄村，依据贫困户识别"四进七不进"的原则，有房子（购商品房）、有车子（享受型轿车）、无影子（外出一年以上不在本村居住），根本就不能参与评定贫困户，更不用说评上了。当初在评定的时候，毛相林曾苦口婆心地跟他解释了很多，但他就是不听。

"我三儿子残废，你当姨父的，都没给予照顾！"吴自清倚老卖老，跳起八丈高。

吴自清的三儿子当年在山上去挖黄姜，摔断了手和腿，成了重残。村里研究后，也严格按照相关规定执行，每个月享受政府的 806 元补贴，政府兜底建房，住进了 40 平方米的新房子，生病自付医疗费用不超过 10%，住院费用超过 300 元的部分民政救助 90%。毛相林心想，我还要怎么照顾呢。况且，作为一个村主任，所有亲戚都照顾，那还了得，我毛相林的工作怎么开展？村民们怎么看？一个杨元芬的事情都闹得不可开交，还敢无原则地照顾亲戚？

在下庄，毛相林亲戚不少。

前段时间，妹夫杨亨星也来找毛相林，结果被毛相林一顿臭骂。

杨亨星曾是村里的危房户、贫困户，老两口是老病号，长期吃药，有一个女儿也嫁到了外地。夫妻俩居住在一栋土墙房里，房屋因为年久失修，墙面已出现裂痕，屋顶开了好几处"天窗"。最初那阵子，毛相林走上屋去，叫杨亨星起屋，不起，说没钱；叫种柑橘，不种，说不懂技术；叫配合搞好房前屋后的环境卫生，也不配合，搞得毛相林火了："不要倚老卖老，倚穷卖穷，你贫困户就很了不起吗？"后来，毛相林以发展下庄旅游为契机，向县旅游局争取到扶持资金，对下庄村的房屋进行改造，杨亨星的老房子也被村里纳入了改造范围，再加上危旧房改造补助，在毛相林的帮助下，他家没花一分钱就建起了一栋两层楼的新房。2019 年，随着全重庆市动态清理低保，因其女儿具有赡养能力，家庭情况好转了，经过民政核查系统审核，他家不再符合民政困难对象，就给取消了。看见取消了低保，杨亨星跑来找毛相林，还要求照顾。"是亲戚就得行吗？不得行！按照原则办事！"虽然后来杨亨星改变了很多，也很听话，配合毛相林的工作，但毛相林还是一口回绝了，妹妹毛相玉还暗地里找到嫂子王祥英诉苦，也还是不得行。

闹的那阵子，连王祥英也说他六亲不认，还和毛相林吵了一架。

起因就是王祥英的三姐张泽芝（张泽芝和王祥英同母异父，后父姓张）一直患有心脏病，做了手术，欠了10多万元的债。平常王祥英和三姐关系好，看见三姐家那么恼火，就叫毛相林想办法，给帮扶一下。毛相林当时就火了，脸一垮，骂王祥英不懂事，凑闹热！在记忆里，这还是毛相林第一次对妻子发这么大的火。

王祥英性格内向，不喜与人交往，结婚之后非常支持丈夫的工作，从不拖他后腿。毛相林在崖上修路时，一上山就是十天半月，她从无怨言，默默将家里的农田种好，将老人、孩子照顾好，还喂养了六七头毛猪。毛相林经常在外人面前夸奖她，说这个老婆虽然当初是通过父母之命媒妁之言订下的，但自己娶了她，是人生中一件极为幸运的事。两个人风风雨雨几十年，相濡以沫到现在，都将对方当作身边最理解、最信任的人，也是最支持自己的人，除了那次修路为挪用妹妹3000元家具钱的事情红过脸、把王祥英推倒在地外，夫妻之间还未这样大声地吵过架、争过嘴。想起这些，毛相林心一软，觉得对不住妻子。

"她家里2个儿子、儿媳4个人，都在外面打工，劳动力充足，而且大儿子杨亨攀在巫峡镇买得有小产权房，不符合条件啊，欠债很正常，以后慢慢还就是。如果不愿意欠债，可以把房子卖了给母亲治病呢！"当天晚上，毛相林的一番冷静解释，让妻子释然了……

"看么子看，赶紧忙去！"看见院坝里人越积越多，现在又是农忙季节，毛相林吼了一声。说完，转身准备往坡上去挑麦子，人群也在慢慢散去。

"不得行，你今天必须给我一个答复！"没想到，吴自清竟然冲到院坝边，把挂在院坝边花台上面的"忠"字木牌扯下来，右腿一抬，踩成两半，抓起半截口子撕裂得锋利的木板冲了上来，要打毛相林。

这时候，吴自清的大儿子吴君攀在坎下那边屋头听见吵闹，正好爬上坎来到毛相林的院坝边。看见这一幕，他冲了上来，一把抓住吴自清的手，抢过木板，拦住了他父亲。

"你今天必须给赔上！这是村里的公共财产，任何人都无权损坏！"毛相林显得很激动，拿手指着吴自清。看见那被撕裂成上下两半的忠字，毛相林只感觉自己的心给撕碎了一样，跟着剧烈疼痛起来……

挂在村上的"忠、孝、礼、义、信"五个广告木牌，是下庄村一道美丽的风景，只要一走进下庄，就会看见。这是毛相林在村里倡导的新风尚，告诫大家不要忘记中华民族的传统美德，这是做人的根本。在很多次大大小小的院坝会上，在每次去下庄小学校关心孩子，去各家各户看望考上大学的孩子们，去哪家调解纠纷、矛盾，毛相林都要给他们讲起，都会拿这几个字来讲道理。在心底，毛相林一直对这五个字满含敬畏和尊重，没想到，吴自清今天胆子真大，敢把这个"忠"字给毁了。

吴自清也意识到自己今天过分了，抬起脚就跑到坎下，蹲在那里，不敢上来了！

"姨爹，对不起！我父亲就是脾气不好！"吴君攀走过来，向毛相林宽慰道。

"你简直是瞎扯！确实找不到地方起屋，我可以把我家的地让给你啊！你说我六亲不认，没有帮你们，当年你在外面当兵，你家大大小小的事，还帮得少了吗？君攀、君仁他们都很小，吃盐巴都吃不起，盐巴都是我每次掏钱给买！那两年，你们家用电的电费，都是我帮你缴的。哪一次农忙，哪一次挖红苕打小麦，我没有来帮忙？你现在威武了，都把这些忘了，还敢打人！你今天要是敢把板子砸下来，把我脑壳砸破了，你下辈子就在监狱里过了。我这一家子，你来养？"站在坎上的毛相林怒气冲天，一手叉腰，一手指着吴自清，大声数落起来。正说到兴头上，这时，手机响了，一接，是乡里打来的，说县里领导来了，叫马上去乡里开会。毛相林大手一挥说，大家都各自忙去，不要看闹热了。又把口气缓和下来，对吴君攀说："等这个农忙结束了，你们起屋，就去把我家那块地平出来，开始修。喊你爸不要再去村里闹了，一天搞得文进武出，不得安宁，像么子话呢。"

看见父亲这么久了还没上来挑麦子，毛连军叫龙云回去煮早饭，顺便看看父亲怎么了。龙云刚走到半山腰上，就看见院坝里围着黑压压的人群，一问听说是吴自清要打公公，赶紧往回跑去喊毛连军。等毛连军小两口跑拢，毛相林已经坐上了驶出村口的摩托车。咋办呢，麦子不收割了吗？小两口嘀咕着犯起愁来。

黄昏的下庄，下起了小雨，水雾含烟，像绸缎般，在下庄上空飘荡。

当毛相林搭着摩托车从天路匆匆赶下来的时候，看见自家地里的麦子不见了，地也挖出来了，裸露出新鲜的泥土，一群村民，戴着斗笠，披着蓑衣，有的还戴着草帽，披着雨衣，正栽着红苕，嘻嘻哈哈声，向四周的山崖飘去……

原来，毛相林上午走了之后，毛连军和龙云根本就忙不过来。村民们看在眼里，先是村民毛相斌提议："我们先帮毛支书把麦子收了再说。"于是，毛相礼来了，杨亨双、杨元鼎、袁堂清、彭仁松、杨亨武来了，刘世琼、陈正香、王先翠来了，连上午和他吵架的吴自清酒醒了，也来了……在毛相斌的统一安排下，像当年修路一样，男人分成几个组，女人分成几个组，割麦子的割麦子，挑麦子的挑麦子，打麦子的打麦子。午饭后，看见下起了雨，男女又分成两个小组，男人在前面挖地，女人在后面栽红苕……

看见这一幕，跳下摩托车的毛相林突然明白，当年修路的下庄精神，还在。他情不自禁地蹲下来，在雨中，呜呜地哭了起来。大山无言，默默地看着这个"矮小"的汉子……

（本章撰写：糜建国）

尾声　幸福之路是奋斗出来的

　　站在村规民约牌坊前，毛相林感触良多，这一条条规矩的形成，下庄人花了太多的心思、用了太多的精力。"明大德、守公德、扬美德、立志向、遵机制、树新风、讲卫生、守安全、常监督、严惩罚"，从政策法规到社稷民生，每一个环节都凝聚了他的心血与初心。旁边的红榜上，文明户、好婆媳、致富能手、勤劳户、清洁卫生户、身边好人等名单，无一不印证了他的愚公精神。

下庄村村规民约

下庄村民居

　　对面那堵墙壁上，悬挂着四块牌子：第一块上面写着"下庄之梦——一个走出大山，惠及子孙的梦想"；第二块上面写着"下庄之气——一派坚韧不屈、无所畏惧的气概"；第三块上面写着"下庄之魂——一种家国之上、故土难离的情怀"；第四块上面写着"下庄之心——一颗脱贫致富、向往美好的初心"。

　　这是下庄人精气神凝聚后的展现。它正对着下庄的"天路"，是下庄人迎客的"头道硬菜"。

　　如今的下庄，基本每家每户都与公路相连，户户相通。那一条条硬化了的人行便道，纵横于下庄的田间地头，首尾相牵。从数十代人的坎坷路到如今的通途，除了下庄人的不舍拼搏，还有各级政府的大力支持、扶持和政府对脱贫攻坚、共赴小康路的决策的支撑。

　　放眼望去，柑橘成林，户户丰收；西瓜成片，满地幽绿；桃园径深，花香果红。民宿改造，民风建设，风气纯朴，下庄人昼不闭户，夜不忧行。"三合院"建成，乡村旅游初现甘果，一条真正的旅游路已开工建设，过往的事一幕幕又浮现在毛相林的眼前。想到因路献出青春、献出生命的乡亲，毛相林不禁喟叹了一声……

1997年，那一声修路的炮响过后，下庄人用他们那颗纯朴的心和自强不息、艰苦奋斗、不怕困难、百折不挠的精神，凿开了下庄通往外界的路。路修通了，就真的幸福了？显然这还是一个虚拟的命题，要将这个虚拟的命题落到实处，还有无限的可能在等着毛相林。毛相林知道，如果不将幸福落到实处，就对不起下庄人，对不起那几个因修路将生命交给了绝壁的兄弟。

　　如何真正从贫困里走出来，这又该如何办呢？作为下庄的领头人，毛相林集他母亲——一位老共产党员、他父亲——一位抗美援朝军人的精神于一身，共产党员的闪光点也从他的身上一点一点地释放出来。

　　2005年，中央农村扶贫规划，围绕整村推进、劳动力转移和产业扶贫三大重点扶贫开发全面启动。但被悬崖峭壁包围的下庄，此时还没纳入此次扶贫计划。作为党员与下庄的村支书，他必须跟随党的规划节奏，率先行动起来。这是他的义务和责任。

　　劳动力转移，这是先行要做的事，也是一个能立竿见影的事。他积极动员有富余劳动力的家庭外出打工，还不失时机地向县内外推介下庄农民工。为打响下庄劳务品牌，他努力争取乡里和县级有关部门支持，让村民

下庄村

参加技能培训。组织农民工座谈，叮嘱他们要遵纪守法、吃苦耐劳。这些年来，下庄先后有百余村民外出打工，全村每年劳务收入200余万元。

劳务输出给下庄贫穷的困境带来了质的改变，也给下庄带来了另一种危机。下庄外出务工的青年男女们，见惯了灯红酒绿，走惯了宽大的柏油马路，不满足的心也就油然而生。去年张家的后生在外安家了，今年杨家的姑娘远嫁了……下庄的人口在逐年减少，毛相林看在眼里，急在心里。像这样下去，下庄早晚会成为空心村。那当初不畏生死修出的"天路"还有什么用呢？可是年轻的娃儿们不满足只是能填饱肚子的生活，他们也没有错啊！不中意下庄这种单调枯燥的日子，他们的选择也是对的啊！

毛相林知道，光急也没有用，有时他会问自己，当初劝那些剩余劳动力外出打工到底是对还是错？

下庄戴着贫困的帽子，这顶帽子压得毛相林喘不过气来。虽然不服气，但这也是不争的事实，必须得面对。在面对的同时，毛相林时不时地在心里发问，这该怎么办，该如何才能丢掉这顶帽子。

毛相林学历不高，但一颗脱贫致富、向往美好的初心让他清楚，要想脱贫致富，除了修路，还得发展产业。

他从试栽漆树到养山羊、栽桑树、养蚕，都以失败而告终。遭受数次失败打击的毛相林，一边忍受着内心的折磨，一边忍受着有些人的冷言冷语。是啊，本就贫穷，这一折腾，很多人家就更贫穷了。

毛相林无时无刻不在寻找病因。在一次学习脱贫致富相关政策时，县里请了农技专家讲课，毛相林第一次知道了地理因素这个词，知道了海拔高低、土质都会直接影响种植和养殖的成效。此时他才明白，不是有了土地就什么都能种、什么都能养。

他发现不懂科学地蛮干是多么可怕。除了白白浪费力气和资源，还耽误了老下庄的发展。随后他边做边学，凭着一股不服输的牛劲，带领村民历时15年，把老下庄的脱贫致富模式规划为"三色"脱贫致富模式，即蓝色（劳务输出）、绿色（西瓜）、橙色（纽荷尔），全村于2015年在全县率先整体脱贫。

随着社会的发展，城里人精神需求的提升，乡村旅游成了香饽饽。越原始的乡村越有吸引力。毛相林看到了老下庄的潜力，仿佛看到了老下庄明天的前景。在政府关于脱贫攻坚、大力发展乡村旅游的总体思路上，毛相林抓住这个机会，向县委、县政府积极争取，向乡政府寻求支持、扶持，为老下庄的致富路寻求另一个发展方向——利用老下庄身处"天井"、有世外桃源之称的地理优势，打造一个独特的乡村旅游景点。

他寻求一切可能的资源，努力争取政府对贫困乡村脱贫攻坚的政策扶持。2017年，巫山县政府投资700万元，将老下庄的"天路"进行硬化改造。同时投资帮助老下庄实施将原有的土坯房改造成风貌统一的乡村民宿。在硬件设施上，老下庄要打造乡村旅游，已走出了第一步。毛相林心中一直有一个信念："不但我们能走出去，还要让外面的人走进来。"让城里人到老下庄来纳凉、赏景、品瓜、尝果，让更多的人前来寻访老下庄的"天路"，感受一下"下庄精神"。

他紧跟时代跳动的脉搏，扶贫、脱贫、致富，道路建设、产业发展、开拓扶志，让老下庄人一个脚印一个坑地向前迈进。

毛相林坚信，世上本来没有路，因为有了筑路人，才有了路。老下庄人能在绝壁上凿出天路，能在全县率先脱贫，就一定能在乡村振兴的道路上干出名堂来！

毛相林笃定，他愿当一辈子的筑路人，将下庄的绿水青山，变成实实在在的金山银山。用实际行动把走出去的老下庄的年轻人全都召回来。他相信老下庄人都有一种家国至上、故土难离的情怀。

他坚信，幸福之路是拼搏出来的。

在下庄发展的年谱上这样写着：

> 1997年12月11日上午10点点响修建"天路"的第一炮；
> 2004年，下庄修通8公里出山的"天路"；
> 2015年5月，毛相林带领24位村民，历时10个月，将2米的机耕道扩宽为3米的碎石公路；
> 2015年，下庄村在全县率先实现整体脱贫；

脸上洋溢着幸福的下庄人

2017年，在各级政府的扶持下，下庄公路硬化升级改造完成并加装防护栏，达到农村四好公路标准；

2018年底，全村发展柑橘650亩，开始挂果；

2019年，下庄村居民人均可支配收入为12670元；

2019年，为铭记下庄人"不等不靠、奋力拼搏的精神"，600余平方米的下庄人事迹陈列室完成建设；

2020年，下庄村居民人均可支配收入为13785元。

当然，这些发展之路，每一步都离不开毛相林的付出。除了摆在眼前的下庄的变化外，还有他的个人荣誉亦是有力的证明：

2016年1月，重庆广播电视集团（总台）、重庆日报报业集团授予毛相林同志"2015年度感动重庆十大人物称号"；

2016年3月，中共重庆市委宣传部授予毛相林同志"重庆市岗位学雷锋标兵"荣誉称号；

2016年7月，中共重庆市委授予毛相林同志"重庆市优秀共产党员称号"；

2017年10月，中央文明办授予毛相林同志"中国好人"荣誉称号；

2017 年 10 月，重庆市人力资源和社会保障局、重庆市扶贫开发办公室授予毛相林同志"2017 年度重庆市扶贫开发工作先进个人"荣誉称号；

2020 年 3 月，中共重庆市委、重庆市人民政府授予毛相林同志"2019 年重庆市乡村振兴贡献奖先进个人"荣誉称号；

2020 年 10 月，国务院扶贫开发领导小组为毛相林同志颁发"全国脱贫攻坚奖奋进奖"；

2020 年 11 月，中共中央宣传部授予毛相林同志"时代楷模"荣誉称号；

2021 年 2 月，中央广播电视总台授予毛相林同志"感动中国 2020 年度人物"荣誉称号；

2021 年 2 月，中共中央、国务院授予毛相林同志"全国脱贫攻坚楷模"荣誉称号；

2021 年 6 月，中共中央授予毛相林同志"全国优秀共产党员"荣誉称号。

毛相林组织村民讨论下庄村发展规划

这些事实证明老下庄人"自强不息、艰苦奋斗、不怕困难、百折不挠"的品质，不但在三峡移民时期是一笔难能可贵的精神财富，在脱贫攻坚以来也时刻传递着时代的声音，是千千万万努力拼搏以改变命运的中国人的精神写照。他坚信："修路让我们脱贫，发展旅游会让我们奔向小康。"

　　发展乡村旅游已经刻不容缓。

　　2018年12月10日，文化和旅游部等17部门印发了《关于促进乡村旅游可持续发展的指导意见》的通知中指出：生态优先，绿色发展；因地制宜，特色发展；以农为本，多元发展；丰富内涵，品质发展；共建共享，融合发展。巫山县政府、竹贤乡政府、下庄村委在践行有关政策时，借老下庄精神的东风，对老下庄村的产业发展进行规划，以桃园、橘园为特色产业园。借助老下庄初步形成的乡村旅游规划，进一步挖掘老下庄的潜在力，力求将老下庄精神传得更远，挖掘得更深。

　　对老下庄未来的规划，是毛相林心中的愿景，也是老下庄人一如既往的梦想。打通村民的致富路，幸福写在村民脸上，喜悦甜在村民心里，温暖映照着毛相林花白的头发，激发着他更深的思考。

　　毛相林和几个村干部，时常勾勒着老下庄美好的明天。但他明白，老下庄的振兴，绝不是仅凭几个村干部的一腔热情就能够实现的。就像当年修路一样，需要大家一起参与。老下庄的振兴，需要人才，特别需要有知识、有见地、有干劲的老下庄的年轻人走进来。

　　"我们一起闯！因为我们都是下庄的筑'路'人！"每当听到一个老下庄有知识、有远见的年轻娃儿这样说，毛相林看着险峻的山脉，看着绝壁上那条蜿蜒盘旋的天路，看着村里挂满果子的柑橘树和桃树，看着老下庄旅游产业发展的规划图，再看看身边的年轻娃儿，他笑了。他那花白的头发在阳光的照射下，熠熠生辉。

　　毛相林时常对老下庄人说："虽然现在的条件好了，但下庄精神丢不得，还要一代一代传下去。下庄人的步伐不能止于打通绝壁上的天路，不能止步于脱贫路，而是要实现乡村振兴，走在小康的路上！"

　　昔日出行难于上青天的巫山，如今已成为中国乃至全世界著名的旅游目的地。龙骨坡古猿人遗址、巫山小三峡、小小三峡、巫山神女溪、巫山大宁河古栈道遗址……这些因历史遗迹、地理条件而形成的旅游资源，让巫山有了得天独厚的资本。老下庄依托这些左邻右舍的旅游景点，再加上它自生的旅游资源——那独树一帜的"下庄精神"，要打造出一个成功的旅游景点是早晚的事。

老下庄的一线天尽头是大宁河、小三峡，山的那一边是当阳大峡谷。早在脱贫攻坚战打响之初，毛相林就有发展旅游的想法。因此，在发展脱贫产业时，他便选择了和旅游相关的产业，比如柑橘、脆桃等水果，既可观花又可采摘……

随着县级高铁始发站、县级旅游机场等立体交通网络的构建，渝东门户交通枢纽雏形日渐显现。"未来 3 年，巫山县将投放 200 亿元再次撬动交通大发展。实现 2 小时到重庆、武汉、神农架，4 小时到北京、昆明；建成承接东西、连接南北的渝东门户交通枢纽大动脉。"在巫山旅游交通的美好蓝图里，随着巫山县旅游业的整体规划，老下庄要在真正意义上实现乡村旅游，这是一个难得的机会。

2018 年，当阳大峡谷连接沪蓉高速的旅游环线开工建设，并在后溪河峡谷规划了一个下道口。后溪河峡谷与老下庄仅仅隔着一线天峡谷。知道了这个消息，毛相林立即与村干部们一起到乡党委、乡政府争取支持、扶持。在修旅游路得到政府支持后，他们请来业内专家考察设计，最后敲定下庄的乡村振兴开发项目：打造"原乡下庄"，依托老下庄精神和老下庄独特的地理、气候条件，打造乡村旅游；建设集生态田园观光、民俗节庆活动、乡村文创、户外运动拓展、乡村康养旅居功能于一体的具有三峡山村特色的休闲度假胜地。

有世外桃源之称的老下庄，坐落于巨大天井底部，山水相连、人文交融、民风淳朴。独特的地理优势，造就了其独特的自然景观——绝壁环绕，山势险峻，峡谷清幽，鱼儿溪从天坑顶端沿着绝壁倾泻而下，在天井底部与庙堂河汇合后形成后溪河，再沿着绝壁间的一线天峡谷奔流而走。大自然的鬼斧神工在这里体现得淋漓尽致。

走好老下庄的旅游路，力争把老下庄的旅游尽快做起来，如今只等打通老下庄到旅游环线的连接道，与周边景点实现互联、互通、互动。

下庄精神是老下庄的魂，是老下庄旅游的核心吸引力。在实施环节，传播下庄精神，让下庄的愚公精神为大众所认识是一个长期的过程。老下庄的未来是打造一个党员干部培训基地，将老下庄村小扩展为集学习、培训于一体的场所，让更多的人走进来，将老下庄带出去。

修复已被废弃的老下庄古道，让走进来的人回顾一段历史、体验一天生活、再上一堂党课。重走那条挂壁天险羊肠小道，真实体验和感受108道之字拐的味道，感受经年来老下庄人曾经生活的辛酸和苦涩。从中去慢慢咀嚼"下庄像口井，井有万丈深；来回走一趟，眼花头又昏"的沧桑与悲凉。

借助下庄人事迹陈列室，讲老下庄的修路故事，传承下庄精神。利用修筑"天路"时的原始工具、生活工具、生活现场、吃穿住的物品、工分记账单等情景图片的再现；利用修路时的视频资料，再现当时的恶劣环境；再现老下庄修路人不怕苦、不怕难、不怕牺牲的大无畏精神，把老下庄打造成弘扬自力更生、自强不息的精神培训基地。

修缮老下庄至今有两三百年历史的清代建筑，那艺术雕刻的对联、动物类的石门，让外面的人知道老下庄的先人们曾在这"天井"里富裕过也风光过。了解老下庄人古时的文化生活和当代老下庄人战天斗地的精神，敢于在最原始最艰苦的地方追求文明与进步，这是一种感天动地的精神。

修复打造私钱洞、鸡冠石观景平台，让旅游的人感受"天路"的艰险，观看老下庄的全貌，感受老下庄人生活的不易，让老下庄成为旅游打卡地；打造漫游线路，让游客走走停停，结合沿路的景观和农家小院，一边观赏、一边体验；利用老下庄的水资源，后溪河峡谷、私钱洞山泉，以及紧邻五里坡国家级自然保护区的生态环境、清澈的水质，沿河开发亲水项目，在老下庄引水造池，打造水体景观。打造竹林中休闲度假项目，利用千仞崖壁开发蹦极、飞拉达等户外运动项目。全力开发老下庄潜在的资源，与巫山县的旅游环线蓝图对接，探索"文农旅"融合发展，巩固发展柑橘、西瓜产业，以及桃园观光游，吸引游客。带动老下庄旅游，通过旅游带动购物消费和体验活动，从而带动第二产业加工和第一产业种植，最终实现第三产业发展的融合。让老下庄人沐浴在小康的阳光中，让下庄精神如石投平静的湖面，浪花四面扩散、荡漾多彩；吸引越来越多山外的人自发到老下庄"打卡"，让老下庄人在实现乡村振兴的同时，稳步走在小康的路上。

展望未来，实现梦想，下庄，未来可待、可期！

（本章撰写：泥文）